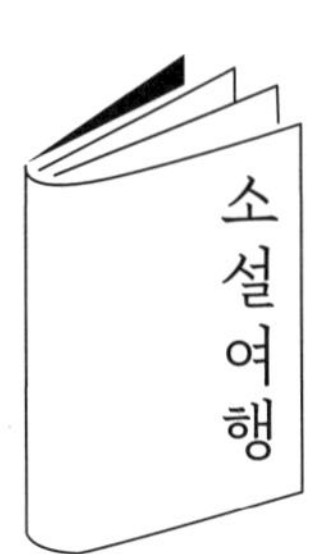
소설여행

소설여행

김유정 지음

나무나무출판사

프롤로그

소소한 순간들의 합으로 완성된, 달콤한 게으름의 시간

처음 소설 속에 등장하는 공간, 장소에 가고 싶다고 생각한 것은 《냉정과 열정 사이》를 읽었을 때였다. 스무 살에 읽었던 그 책은 여러모로 많은 감정을 안겨주었다. 사랑이라는 감정, 영원한 약속, 변치 않는 관계 등 이제 막 신기한 세상과 만나는 나에게 큰 자극이 된 셈이다. 이 책도 그 소설이 출발이었다고 할 수 있다. 《냉정과 열정 사이》를 읽으며 쥰세이와 아오이처럼 반드시 피렌체 두오모에 올라야겠다고 다짐했으니까. 8년의 시간이 흐르고, 나는 나 자신과의 다짐을 지켰다. 이탈리아 피렌체에 있는 두오모에 오르니, 쥰세이와 아오이의 마음이 선명하게 느껴졌다. 관계에 대한 고민들은 사라지고 오직 사랑만 남았던 그 두 사람의 마음이.

그때부터 종종 소설 여행을 떠났다. 소설을 읽다가 마음을 흔드는 장소를 만나면 가방을 꾸려 여행길에 올랐다. 그러다 보니 어느새 여행 기자가 되어, 평생 여행을 하며 살아가는 사람이 되었다. 더불어 익숙하지 않은 곳을 만나면서 나라는 사람의 세상도 조금씩 꾸준히 넓어졌다. 전 세계를 품은 사람까지는 되지 못하더라도, 작은 감정에 갇혀 머뭇거리지 않는 사람이 되었다. 시간이 지나가면서 좀 더 괜찮은 때를 만난다는 사실도 배웠다. 인생은 여러 번 무너지지만 다시 일어설 수 있다는 것도 깨달았다. 이런 사실은 머리로 이해한 것이 아니라 경험으로 체득했다. 상처 받을 때도 많았지만, 그만큼 단단한 사람이 될 수 있었다.

인생이라는 여행, '나'의 이야기

인생과 여행은 많은 면에서 닮아있다. 언제 어떤 위기를 만날지 모르고, 늘 새로운 상황이라 낯설고 어렵다. 내 마음대로 되지 않는 순간들이 발생하고 타이밍이 조금만 어긋나도 전혀 다른 결과를 만난다. 그러나 그 과정에서 늘 괴롭고 힘든 것만은 아니다. 아름답고 경이로운 순간도 만난다. 새로운 사람들을 알게 되고 서로에게 힘을 얻는다. 그렇게 소소한 순간들이 쌓이면서 그 누구도 아닌, 오직 '나'만의 이야기가 완성된다. 어떤 여행도 같은 여행이 없고,

어떤 인생도 같은 인생이 없는 이유가 이 때문이 아닐까.

모든 소설에는 주인공들의 삶이 담겨있다. 그들의 이야기는 나에게 또 다른 메시지가 된다. 여행은 그 메시지를 내 것으로 만드는 과정이다. 그곳에 가고 그들의 이야기를 듣고, 나만의 이야기를 만드는 시간. 더불어 그 시간 동안 즐거움까지 더해지니 이 얼마나 달콤한 시간일까.

모든 것이 하나가 되는 지점, 소설 여행

소설 여행은 이 모든 것이 하나로 합해지는 지점이다. 이야기가 살아나고, 이야기 속 주인공들이 친구가 된다. 매번 다른 순간들을 만나게 되고 그 순간은 그저 달콤하고 게으르게 보낼 수 있는 비로소 행복한 시간이다. 이때의 감정과 경험, 깨달음은 '나'라는 책의 이야기를 더욱 풍성하게 채워준다. 결국 나는 또다시 삶의 다음 장으로 넘어갈 수 있는 길을 찾는다. 용기까지 덤으로. 지금껏 내가 떠났던 소설 여행은 매번 나를 성장시켜주었다. 이 여행의 기록을 함께 나누고 싶어 이 책을 쓰게 되었다.

“소설은 큰 길을 산책하는 거울이다.”라는 스탕달의 말처럼, “여행은 다른 문화, 다른 사람을 만나고 결국에는 자기 자신을 만나는 것이다.”라는 한비야의 말처럼, 소설로 길을 찾고, 여행으로 자신을 찾게 되기를 바란다. 그렇게 우리 모두 원하는 종착점을 찾아 늘 떠나는 용기를 가진 사람이 되었으면 좋겠다.

차례

첫 번째 여행
인도네시아 발리, 우붓

"행복을 찾는 건 어렵지 않아"

〈먹고 기도하고 사랑하라〉
엘리자베스 길버트

-○-

〈먹고 기도하고 사랑하라〉는 주인공 리즈가 전 재산으로 이탈리아, 인도, 인도네시아(발리)를 1년간 여행하며 자신을 찾는 내용이다. 리즈는 이탈리아에서 삶의 의욕을 되찾고, 인도에서 자신을 돌아보는 시간을 가진 후 발리에서 사람에 대한 사랑을 회복한다. 이 3가지 과정을 담아 제목도 〈먹고 기도하고 사랑하라〉이다.

P 52

이탈리아에서는 쾌락의 기술을, 인도에서는 신을 섬기는 기술을, 인도네시아에서는 이 둘의 균형을 찾는 기술을 탐색하고 싶었다. 이런 내 꿈을 인정한 뒤에야 비로소 이 나라들이 알파벳 'I(나)'로 시작한다는 사실을 발견했다. Italy, India, Indonesia. 이는 자기 탐색의 여행을 암시하는 상서로운 사인이 아닐까.

이 책을 만났을 당시, 나의 상황도 주인공과 크게 다르지 않았다. 회사를 그만뒀고, 오랜 연애도 종지부를 찍었다. 긴 시간 동안 가까운 곳에서 모든 것을 나누던 친구도 떠났다. 한마디로 지금껏 나를 둘러싸고 있던 세계가 무너졌다. 그러다 보니 주인공의 마음과 생각에 더 공감하게 됐다. 그녀처럼 여행을 통해 나라는 사람을 찾고, 삶의 균형을 회복하고 싶었다. 그녀에게 길잡이 역할을 해주었던 끄뜻을 만나 내 인생은 어디로 가고 있냐고, 나는 이제 어떻게 하면 되냐고 묻고 답을 얻으면 새로운 세계로 향하는 문이 열릴 것 같았다.

내 안의 균형을 찾기 위한 여행의 시작

P 47

따라서 노인(끄뜻)이 내게 뭘 원하는지 물었을 때 나는 좀 더 진실한 다른 질문을 던졌다.
"신과 함께 하는 순간을 오래 지속하고 싶어요. 가끔씩 이 세상의 신성함을 이해한다고 느끼다가도 금세 잊어버리거든요. 사소한 욕망과 두려움에 현혹된 탓이죠. 매 순간을 신과 함께 하고 싶어요. 그렇다고 해서 수도승이 되고 싶다거나, 세속적인 즐거움을 모두 포기하겠다는 건 아니에요.

제가 원하는 건 이 세상을 살아가면서 그 즐거움을 누리되 신에게 헌신하는 법을 배우는 거예요."

끄뜻은 그림으로 내 질문에 답할 수 있다고 말했다. 그리고는 그가 예전에 명상하는 도중에 그렸다는 그림 한 장을 보여주었다. 그것은 자웅동체의 인간으로 기도하는 것처럼 손을 모은 채 서 있었다. 다리는 네 개였지만, 머리는 없었다. 머리가 있어야 할 자리에는 양치류와 꽃들로 뒤덮인 수풀이 있었다. 그리고 심장 위에는 조그맣게 미소 짓는 얼굴이 그려져 있었다. 끄뜻은 통역사를 통해 말했다.

"원하는 균형을 찾기 위해서는 이런 사람이 되어야 해. 지상에 발을 꼭 붙이고 있어. 다리가 두 개가 아닌 네 개 달린 사람처럼. 그렇게 하면 속세에 머무를 수 있지. 하지만 머리로 세상을 보는 것은 그만둬. 대신 마음으로 봐야 해. 그러면 신을 알게 될 거야."

책의 마지막 장을 덮자마자 발리로 향하는 가장 저렴한 항공권을 검색하기 시작했다. 회사를 그만둔 백수가 돈을 아끼지 않고 쓸 생각만 한다고 주변 모두에게 질타를 받았지만, 내 마음은 한순간도 바뀌지 않았다. 그렇게 떠난 발리는 내가 기대했던 그대로였다.

'여기가 발리다' 혹은 '인생이 이런 것이다'라는 가르침을 주는 일들이 계속해서 생겼다. 저렴한 표를 찾다가 인천~쿠알라룸푸르~싱가포르~발리 루트로 비행기를 2번이나 갈아타고 발리에 도착했다. 일단 어디든 편하게 눕고 싶은 욕망만 가득한 여행자였다. 그러나 역시 쉬운 일은 없었다. 인터넷으로 급하게 예약한 숙소가 탈이었다. 게스트하우스와 모텔 중간쯤 되는 숙소를 예약했는데, 막상 찾아가니 방이 없단다. 웃으면서 그냥 '쏘리'라고 한마디 한다. 발리에서 인터넷 예약 시스템이 착실하게 제 역할을 하리라 생각한 내가 잘못이었다. 친절한 발리 사람(그 숙소의 직원)을 따라 몇 개의 게스트하우스를 돌고 돌아 간신히 꾸따 비치에서 가까운 숙소를 얻었다.

발리에서 가장 유명한 지역인 꾸따 비치에 이틀을 묵었는데 소란스러움에 질려 버렸다. 내 속도 시끄러워 죽겠는데 밤새도록 클럽과 바에 사람들이 넘쳐났다. 서퍼들과 상인들이 뒤엉켜 3분 이상 조용한 시간이 존재하지 않는 비치도 피하고 싶은 곳이 되어 버렸다. 내 시간을 전혀 가질 수 없었다. 그래서 결국 꾸따에 도착한 지 3일 만에 짐을 싸 〈먹고 기도하고 사랑하라〉의 배경지인 우붓으로 떠났다. 우붓에 도착하니 드디어 생각했던 발리에 도착한 기분이 들었다. 게스트하우스는 남의 집을 빌렸다는 생각이 전혀 들지 않았다. 오래 살아온 내 집처럼 나에게 맞춤옷 같았다. 10년이 훌쩍 넘은 지금까지 내가 발리 우붓을 최고의 여행지 중 한 곳으로 꼽으며 그리워하는 것도 당시 묵었던 와얀 게스트하우스가 큰 역할을 했다. 아주 평범한 발리식 가정집인 와얀 게스트하우스는 단돈 3만 원이면 가장 큰 방-캐노피까지 달린 큰 침대를 가진-을 혼자 쓰고 손수 방까지 가져다주는 아침 식사도 먹을 수 있었다. 아침 식사를 언제까지 주는지 묻자 돌아온 답은 "네가 먹고 싶을 때, 언제든"이었다. 세상에! 이게 진짜 힐링이지.

P 386

발리에 온 지 겨우 몇주 밖에 지나지 않았지만, 벌써 목표를 달성한 기분이 들었다. 인도네시아에서의 목표는 균형을 찾는 것이었지만, 이젠 더 이상 뭔가를 찾아야 한다는 기분이 들지 않는다. 내 마음의 균형을 그럭저럭 찾은 것 같기 때문이다. 내가 발리인이 되었다는 게 아니라(내가 이탈리아인이나 인도인이 될 수 없었던 것처럼), 단지 내 자신의 평화를 느낄 수 있었다. 그리고 편안한 영적 수행과 아름다운 경치를 감상하는 즐거움, 사랑하는 친구들과 좋은 음식 사이를 오고 가는 내 일상을 사랑한다.

우붓에서 나는 가장 조용한 날과 가장 시끄러운 날을 모두 경험했다. 가장 시끄러운 날은 오우거오우거(ogoh ogoh)라는 축제가 열리는 녜삐데이(Nyepi Day) 전날이다. 마을마다 악령 인형을 만들어 퍼레이드를 하고, 마지막에는 인형을 불태운다. 발리의 설날인 녜삐데이를 맞는 과정이다. 그렇게 가장 시끄러운 날이 지나고 새로운 날이 밝으면 발리 전역은 침묵한다. 영어로 Silence Day인 녜삐데이는 말 그대로 침묵의 날이다. 힌두교식 사카 달력의 1월 1일로, 보통 3월에 있는 녜삐데이 당일에는 어떤 불도 켤 수 없다. 발리 사람들은 식사도 하지 않고 길거리에 나가지도 않는다. 관광객도 예외는 아니다. 다만 관광객은 호텔이나 리조트 그리고 게스트하우스 등에서 전날 준비해준 음식을 먹을 수 있다. 단 숙소에만 머물러야 하며, 어두워도 방에 불을 켤 수 없다.

어둡고 아무 소리도 나지 않는 곳에 있는 경험은 처음이었다. 당연히 이동의 자유를 구속받는 것 역시 처음이었다. 그런데 참 신기하게 아무것도 하지 못한다는 생각이 들자 오히려 자유로워지는 느낌이었다. 계속 무언가 해야 할 것만 같은 스스로의 강박에서 벗어나도 괜찮았다. 오롯이 나만을 생각하는 하루였다. 어떤 것도 나와 나 사이에 끼어들지 못했다. 그렇게 조용한 하루를 보낸 다음 날 늦은 아침을 먹으니 정신이 또렷해졌다. 내가 무엇을 해야 하는지, 내가 발리에서 얻고 싶었던 것이 무엇이었는지 명확하게 정리됐다.

우선은 끄뜻을 만나야 했다. 그에게 내 삶의 방향을 묻고 답을 얻어야 했다. 그러나 어디서 그를 찾을 수 있는지 막막했다. 게스트하우스 사람들에게 열심히 설명했지만, 끄뜻을 알고 있는 사람은 없었다. 발리의 9대 주술사라고 하는데 이렇게 모를 수 있을까 싶었지만 포기하고 싶지 않았다. 막막할 때는 발로 뛰어야 한다고 배운 나는 우선 거리로 나갔다. 당연한 일처럼 호객행위를 하는 투어가이드 청년들을 만났다. 그들에게 다른 관광은 괜찮은데 끄뜻을 만나고 싶다고, 방법을 아냐고 물었다. 그러자 청년들은 '역시 관광객이군'이라는 눈빛으로 나를 바라봤다. 더불어 이미 돈맛을 알아버린 그들은 끄뜻을 만나려면 굉장히 비싼 돈을 내야 하고, 오래 기다려야 한다고 이야기했다.

끄뜻을 만나고 싶다는 마음으로 발리까지 찾아온 나에게 그것은 문제가 아니었다. 얼마를 내고 얼마를 기다리던 그를 만나고 싶다고 했고, 청년들은 나를 끄뜻에게 데려다주었다.

인도네시아 발리, 우붓

그곳에는 전 세계에서 온 수많은 이들이 그를 만나기 위해 기다리고 있었다. 그러나 저 멀리 보이는 끄뜻의 얼굴은 기대와 달랐다. 한없이 지치고 기운 없는 그의 얼굴이 마치 "나도 내 인생이 어디로 가는지 모르겠어"라고 말하는 듯했다. 그 모습에 나는 미련없이 발길을 돌렸다.

끄뜻을 만나기 위해 발리에 왔는데, 그는 답이 아니었다. 이제 나는 답이 없는 이곳에서 오직 혼자의 힘으로 답을 찾아가야 하는 상황에 처했다. 방법은 몰랐지만 어쩐지 발리에 있다 보면 뭔가 느낄 수 있을 것 같은 예감이 들었다. 가장 시끄러운 날과 가장 조용한 날을 겪으며 내 안에 어떤 느낌이 채워진 것처럼, 발리가 새로운 길을 보여줄 것이라는 막연한 기대가 있었다. 그렇게 시간은 흘러 3주가 지나갔다.

부서진 가슴을 치료하는 법은 어렵지 않아

끄뜻을 만나는 일을 해결하니(나름의 깨달음이 있었으니 해결이라고 생각한다.) 다른 목표가 생겼다. 이번에는 와얀 차례였다. 앞에서 와얀 게스트하우스에 묵었다면서 왜 또 와얀을 이야기하나 싶겠지만, 과장을 조금 더하면 발리 사람

1/4은 와얀이라는 이름을 갖고 있다. 계급이 높은 사람을 제외하고 발리 사람들은 이름을 첫째, 둘째, 셋째, 넷째라고 짓는다. 다섯째가 태어나면 다시 첫째라고 짓는다. 와얀은 첫째라는 의미이며 둘째는 마데, 셋째는 꼬망, 넷째는 끄뜻이다. 그러니 내가 머무는 게스트하우스 주인 와얀과 책 속 리즈의 친구이자 치료사인 와얀은 당연히 다른 사람이다.

책 속의 와얀은 발리에서 금기인 이혼을 하고 혼자 투티라는 아이를 키우는 발리식 치료사다. 리즈의 친구이며 리즈가 생일 선물을 대신해 모금한 금액으로 집과 가게를 선물 받은 장본인이다. 영화에서는 아주 아름다운 스토리로 포장됐지만 사실 책에서는 발리인 특유의 태도 때문에 주인공이 여러 번 곤란해졌다. 그래서 나는 와얀을 찾는 것을 첫 번째 단계로 생각하지 않았다. 호감이 생기지 않았기 때문이다. 그래도 실제로 꼭 한번은 만나고 싶었기에, 와얀 발리니즈 힐링 센터를 찾아갔다. 끄뜻 하우스와는 다르게 와얀 힐링 센터는 우붓 시내에 있었다. 게스트하우스에서 충분히 걸어갈 수 있는 거리였다. 도착하니 몸이 불편해 보이는 노인과 아들로 보이는 젊은 남자, 그리고 한 명의 발리 사람이 있었다. 내가 두리번거리자 발리 사람이 말을 걸었다. 〈먹고 기도하고 사랑하라〉를 보고 왔냐고 물으면서 말이다. 그렇다고 하자 그의 두 번째 질문은 '책도 읽었냐?'였다. 읽었다고 하자 자기가 누구일 것 같냐고 물었다. 그때 머리를 스치는 이름이 하나 있었다. '마리오'. 주인공이 우붓에 도착해 자리를 잡을 때까지 도와주던 호텔 직원. 내가 그를 알아 보자 발리 사람 마리오는 책에서의 모습과 같이 친절하게 웃으며 와얀은 멀리 아픈 사람을 치료하러 갔고 곧 돌아올 테니 음료를 한잔 마시며 기다리라고 했다.

와얀 힐링 센터 한쪽 벽면에는 실제 리즈의 사진이 붙어 있었다. '이곳이 리즈가 선물해준 곳이구나' 하고 천천히 살펴보는데 생기발랄한 여자아이가 들어왔다. '투티'였다. 이탈리아어로 '모두'라는 의미를 가진 이름의 주인공이자 와얀의 딸 투티.

P 409

이 기적을 가능하게 만든 사람은 바로 투티다. 그 애의 기도, 작은 푸른색 다일을 말랑말랑하게 만들어 자기 주위로 팽창시킨 다음 자신과 엄마, 고아 자매가 영원히 살 수 있는 실제 집으로 쭉 자라나게-마치 잭의 콩나무처럼-만든 그 애의 의지 덕분이다.
마지막으로 한 가지 더. 이런 말 하기는 부끄럽지만,

'투티(tutti)'라는 단어가 이탈리아어로 '모든 사람'을
의미한다는 그 명백한 사실을 알아차린 사람은 내가 아니라,
내 친구 밥이었다. 왜 그걸 좀 더 일찍 깨닫지 못했을까?
로마에서 사 개월이나 있었는데도 난 그 둘을 연관시키지
못했다. 그 점을 내게 지적해준 사람은 저 유타주에 있는
밥이었다. 지난주에 보낸 이메일에서 그는 새집을 위한 돈을
기부하겠다는 말과 함께 이렇게 썼다.
"그러니까 그게 마지막 교훈인 거지? 스스로를 돕고자
세상으로 나가면 결국엔…. 투티(모든 사람)를 돕게 된다는 거"

투티와 잠시 이야기를 나누고 있으니 와얀이 왔다. 와얀은
인사할 틈도 없이, 오래 기다린 노인에게 다가갔다. 그리고
어디가 아픈지 듣고 살펴보았다. 그 모습을 보고 마리오가
내게 더 기다리겠냐고 물었다. 노인의 모습과 비교하니 나는
너무 멀쩡한 상태였다. 어쩐지 이곳에 있으면 안 될 것 같았다.
책에 어떤 약으로도 듣지 않던 방광염이 와얀이 지어준
약으로 나았다는 이야기가 소개돼 전 세계에서 지푸라기라도
잡는 심정으로 그녀를 찾아오는 모양이었다.

사람들은 계속 이곳의 문을 두드렸고 덕분에 그녀는 바빴다.
모두가 작은 지푸라기라도 잡으려 발리를 찾는다.

인도네시아 발리, 우붓

방식은 제각각이지만 마음은 하나다. 나를 살게 할 방법을 찾고 싶다는 것. 나 역시 그랬다. 그리고 사실 내게는 와얀이 리즈에게 알려줬던, 실연을 극복할 방법이 이미 있었다. 꼭 남자를 잃는 것만이 실연은 아니니 말이다.

P 393

오늘 아침에도 그 이야기가 나오자 난 이렇게 말했다.

"아냐, 와얀. 난 남자는 필요 없어. 내 가슴은 너무 여러 번 부서졌는걸."

"난 부서진 가슴을 치료하는 법을 알고 있어."

그녀는 의사다운 태도로 자신만만하게 손가락을 꼽아가며 절대 실패하지 않는 실연 치료법을 나열해갔다.

"비타민 E, 충분한 수면, 충분한 물 마시기, 사랑했던 사람에게서 멀리 떨어진 곳으로 여행 가기, 명상하기, 그리고 가슴에게 이것이 운명이라는 걸 가르치기."

"비타민 E 빼고는 다 했네."

"그럼 넌 이제 치료가 된 거야. 그러니까 새로운 남자가 필요해. 내가 열심히 기도해서 만나게 해줄게."

"난 새로운 남자를 만나게 해달라고 기도하지 않아, 와얀. 요즘 내가 기도하는 건 오로지 내면의 평화를 달라는 거야."

그러나 와얀의 기도가 통했는지 리즈는 발리에서 다시 생을 살게 할 남자를 만나고 사랑에 빠진다. 결혼도 한다. 심지어 다시 사랑하고 결혼하면서 마주하는 상처와 그에 대한 극복 과정을 담은 〈결혼해도 괜찮아〉라는 책도 낸다. 덧붙이자면, 이 책을 내고 시간이 흐른 후 작가는 커밍아웃을 한다. 리즈는 정말 자신의 삶에 솔직하고 그 순간 자신이 원하는 것을 향해 거침없이 달려가는 사람이 된 것이다. 덕분에 나 역시 이곳에서, 지금 나를 채우는 것들과 내가 원하는 방향을 찾아가고 있으니 어쩌면 그녀에게 고맙다.

P 387

행복은 개인적인 노력의 결과다. 행복을 얻기 위해 싸우고, 노력하고, 주장하고, 때로는 행복을 찾아 세상을 여행하기도 해야 한다. 자기 행복의 발현을 위해 무자비하게 노력해야 하는 것이다.
그리고 일단 그 행복의 상태에 도달했으면, 그것을 유지하는 걸 게을리해서는 안 된다. 행복을 향해 영원히 헤엄쳐가고, 행복 위에 떠 있는 상태를 유지하기 위해서는 지대한 노력이 필요하다. 그렇지 않으면 내면의 만족감은 쉽게 새어나가 버릴 것이다. 고통에 처했을 때 기도하는 건 너무 쉽다. 하지만 위기의 순간이 지난 후에도 계속 기도하는 건 봉인 작업과 같다. 우리의 영혼이 그 좋은 성취물을 꼭 붙들고 있도록 도와주는 것이다. 자전거를 타고 발리의 노을 속을 마음껏 누비며 나는 이 가르침들을 되새겼다.

발리 여행 전과 후로 내 삶이 드라마틱한 변화를 맞은 것은 아니다. 다만 세계가 무너지는 순간에도 스스로를 지키는 방법을 조금 터득한 것이 발리의 수확이었다. 나라는 인간은 약하고 또 약해서 자주, 쉽게 무너진다. 그때마다 발리로 갈 수는 없다. 그러나 발리의 시간을 간직한 나는 매 순간마다 행복을 붙들기 위해 무엇이라도 한다. 행복은 자연스럽게 얻는 것이 아니다. 연인, 친구 등 주변 사람이나 끄뜻, 와얀 같은 특별한 사람들의 노력이 아니라 오로지 나의 노력으로, 나의 부서진 가슴은 나만이 다시 붙일 수 있다는 교훈을 얻었다.

리즈처럼 오로지 마음에만 집중해도 좋다. 어디론가 떠나도 좋다. 모든 것을 버리고. 모든 것을 버린다는 것은 곧 또 다른 모든 것을 얻는다는 뜻일지도 모른다.

인도네시아 발리, 우붓

두 번째 여행

싱가포르

"욕망이라는 이름의 사랑, 그리고 춤"

〈불온한 숨〉

박영

- ○ -

'우린 긴 춤을 추고 있어.

내가 네 발을 밟아 고운 너의 두발이 멍이 들잖아.

난 어떻게 어떻게 해야 해. 이 춤을 멈추고 싶지 않아.

그럴수록 마음이 바빠.

급한 나의 발걸음은 자꾸 박자를 놓치는걸.

자꾸만 떨리는 너의 두 손.

함께라면 어떤 것도 상관없나요.

아니라는 건 아니지만 정말 그런 걸까.

함께라는 건 그렇게 쉽지 않은데

그만큼 그만하는 것도 쉽지 않은데.'

- 〈춤〉, 브로콜리 너마저

〈불온한 숨〉의 주인공인 제인, 맥스 그리고 마리가 들었다면

자신들의 마음을 담은 노래라고 했을지 모르겠다. 소설을 읽는 내내 이 노래가 머릿속을 떠나지 않았다. 싱가포르의 후덥지근한 바람이 훅 불어오는 소설 〈불온한 숨〉은 사람들의 사랑, 욕망 그리고 춤에 관한 이야기다.

새롭게 다시 시작하고 싶은 사람들의 욕망이 지은 나라

더운 날씨와 몹시 더운 날씨로 나누어진다는 싱가포르. 나와는 꽤 인연이 깊은 곳이다. 첫 만남은 10년 전쯤 싱가포르에 취업하기 위해 2주간 머물렀을 때였다. 그 후에도 여행과 출장으로 여러 번 싱가포르를 방문했는데 첫 만남만큼 강하게 남은 기억은 없었다. 취업 준비생으로 그곳에 머물렀던 시간, 빈털터리로 가서 6명이 머무는 게스트하우스에 매일 다른 사람이 들락거리는 것을 목격하는 일, 푸석한 토스트 빵을 조식으로 먹으며 버텼던 그 시절이 추억이라는 이름으로 나에게 새겨져 있다.

P 8

홍등을 켜둔 붉은 집 옆에 흰 대리석으로 지은 양식 주택이 세워졌다. 언덕에는 교회가 허공을 향해 십자가를 세우고,

그곳에서 내려다보이는 거리에는 흰 염소를 신성시하는 힌두교 사원이 자리를 잡았다. 사원과 마주 보고 불상을 모신 불당이 지어졌다. 시장 거리에는 양고기를 굽는 연기와 국수면을 볶는 연기가 뒤섞였다. 거리에 나온 사람들의 눈 색깔은 모두 달랐고, 그만큼 이 세계를 보는 각도도 조금씩 달랐다. 그 차이가 문제가 되지는 않았다. 오히려 여러 동작이 어우러져 만드는 춤사위처럼 아름다웠다. 다름의 경계는 자연스럽게 강물에 녹아내렸다. 서로 다른 언어와 음식 그리고 각자가 오래도록 섬겨왔던 신들이 경계 없이 하나의 섬 안에서 어우러졌다. 애초부터 신이 건설한 나라가 아니었다. 새로운 곳에서 다시 시작하고 싶다는 사람들의 절박한 욕망이 지은 나라였다.

싱가포르는 다양한 인종과 종교, 문화가 뒤섞인 채 하나로 만들어진 나라이다. 다시 시작하고 싶은 사람들의 절박한 욕망이 만들어낸 곳이다. 그리고 나 역시 새로운 시작을 꿈꾸는 사람이었다. 어쩌면 그래서 싱가포르에 더 끌렸는지 모르겠다.

대학을 졸업하던 시기에 우리나라는 최악의 불황이었다. 그 흔하디흔한 경영 학사, 서울에 있는 대학을 겨우 졸업한 나 같은 사람을 받아줄 기업은 없었다. 우리와 반대로 당시의 싱가포르는 호황이었고, 한국과 협업을 위해 영어가 가능한 한국인을 찾는 금융권이 많았다. 한국으로부터, 미래에 대한 불안과 두려움으로부터 도망치고 싶다는 생각에 닥치는 대로 이력서를 넣었다. 그 후 면접을 보기 위해 찾은 싱가포르는 〈불온한 숨〉에서 묘사하듯 불교와 힌두교, 무슬림까지 한데 뒤섞인 모습이었다. 리틀 인디아, 아랍 스트리트와 차이나타운이 커다랗게 자리했고, 싱가포르강을 주변으로 클락 키, 로버트슨 키 등에 노천카페와 바가 빽빽하게 늘어서 있었다.

도시를 채우고 있는 사람들은 여유로워 보였다. 그 어떤 걱정도, 불행도 없는 듯한 모습이었다. 그 당시 나는 온 세상의 불행을 나 홀로 껴안고 있는 사람이었기에 더욱 그렇게 보였을 것이다. 모두가 행복한 세상에서 나만 불행하다고. 그런데 이제 와 돌아보니 행복한 줄 느끼지 못했던 그때의 그 시절이 사실은 아주 행복했었음을 깨닫는다. 결국 인간은 필연적으로 후회를 안고 산다. 뒤늦은 깨달음은 쓰다. 그때의 나는 여유로운 상황을 가진 지금보다 훨씬 자유롭고 열정적이고 아름다웠다. 많이 가질수록 삶을 지탱하는 것이 더 어려워지는 순간이 있음을, 이제야 알게 됐다.

P 60

강변을 따라 형성된 빌라촌 로버트슨 키에 있는 건물들의 일층에는 저마다 레스토랑과 카페가 들어와 있었다. 강변에 줄지어 늘어놓은 테이블에 초를 밝히면 특별히 호객 행위를 하지 않아도 사람들은 자연스레 모여들곤 했다. 도무지 고통이나 두려움 따위가 침입할 틈새가 없어 보이는 평화로운 동네였다. 그제야 집으로 돌아왔다는 안도감이 들었다. 어서 나의 어둡고 비밀스러운 방으로 들어가 다시 숨을 고르고 기운을 차리고 싶었다.

주인공이자 완벽한 안무가인 제인은 자신의 비밀을 다 알고 있는 텐을 만난 뒤 도망치듯 그 자리를 벗어나 집이 있는 로버트슨 키로 돌아간다. 로버트슨 키는 관광객이 북적이는 클락 키와는 다르게 조금 더 로컬스러운 분위기다. 클레멘소 애비뉴를 사이에 두고 한쪽은 클락 키 다른 쪽은 로버트슨 키라고 보면 된다. 로버트슨 키는 현지인들이 생활하는 빌라촌이 강 한편을 차지하고 있어 그들의 일상을 엿볼 수 있다. 따라서 조금 더 현지인스러운 기분을 느끼고 싶다면 이곳에 머무는 것을 추천한다.

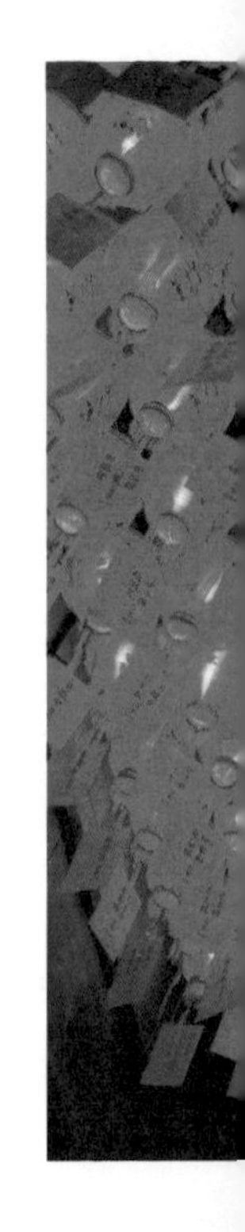

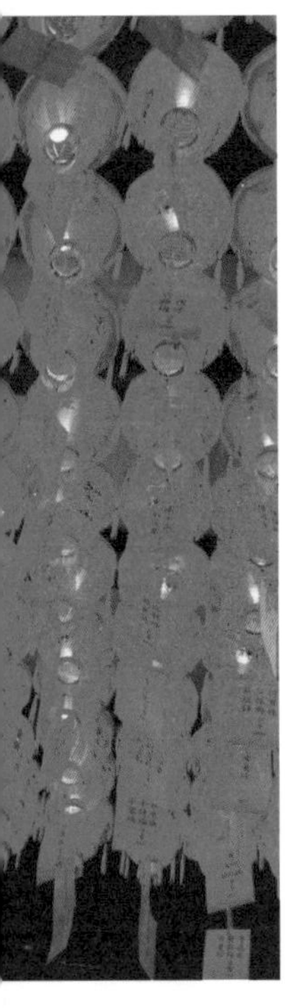

NIPPON PAINT

WALL'S

왜였을까, 텐이 대학에서 만난 적이 있다고 무심을 가장한 듯 내뱉었을 때 나는 삼켜서는 안 되는 것을 삼킨 사람처럼 가슴이 갑갑해졌다. 십오 년의 시간이 흘렀다. 언제나 여름인 싱가포르의 나무는 변함없이 푸르렀지만 그 시절에 만났던 사람들은 모두들 조금씩 변해갔을 것이다. 거울 속 나의 얼굴도 눈에 띄게 변했다. 되도록 감정을 숨기고 이성적인 논리와 사실만을 언급하며 살아왔다. 그러는 동안에 나의 얼굴은 누구에게도 허점을 드러내지 않는 빈틈없는 얼굴로 변해갔다. 그 시절 내 광대뼈 부근에 감돌고 있던 열기와 눈동자에 떠올라 있던 혼란을 나는 어느덧 감쪽같이 감추었다. 텐도 그 시절에는 전혀 다른 사람처럼 보일지 몰랐다. 거울을 바라볼 때마다 텐의 얼굴에서는 점차 무엇이 은밀하게 어둠 저편으로 은닉되어갔을까.

십오 년 전 푸르디푸른 싱가포르의 숲속, 그들을 위해 준비된 것처럼 보이는 공터에서 춤을 추던 맥스와 마리의 모습은 제인의 규칙과 규율을 모두 깨뜨리고 그녀 안에 있던 욕망을 깨운다. 그 일을 계기로 맥스, 마리, 제인은 온 열정과 욕망을 다 드러내면서 함께 춤을 추었다. 원하는 만큼 서로를 갈구하고 맥스와 마리가, 제인과 맥스가 그리고 마리와 제인이 한 몸이 된 듯 그렇게 춤을 추었다. 그러나 섹스와 맞닿아있는 그들의 춤은 쉽게 이해와 인정을 받을 수 없었고, 정형화된 춤만 가치 있다고 생각하는 이들에게 금기시되었다. 그들에게 셋의 춤은 폭력이자 외설이었다. 맥스를 사랑하던 텐의 질투로 셋의 춤은 발각되고, 그 후 제인은 맥스와 마리를 만나기 전의 그녀로 돌아간다. 그리고 철저히 자신의 감정을 숨기며 산다. 그런데 십오 년 만에 자신이 사랑했던 맥스를 죽음으로 몰고 간 제인에게 복수하기 위해 텐이 그녀 앞에 나타난 것이다. 그리고는 한 번 더 예전에 추던 춤을 출 것을 권한다. 그때부터 로버트슨 키 빌라촌의 분위기같이 안정된 삶을 살던 제인의 모든 것이 뒤흔들린다.

나를 나로 만드는 것은, 당연하게도 나뿐이다

P 163

사람들은 어떤 것들을 달콤한 유혹으로 여길까. 그것은 본인이 가장 절실하게 필요로 하고 있는 것. 이를테면 죽고 싶은 사람에게는 독약이, 취하고 싶은 사람에게는 알코올이, 그리고 회개하고 싶은 사람에게는 종교가 가장 달콤한 법이다.

텐은 이제 퇴물이 됐지만 여전히 무대 위에 있고 싶은 제인의 욕망을 이용해 그녀를 무대에 세운다. 자신이 절실하게 원하는 것을 주었을 때, 그 달콤한 유혹을 뿌리칠 수 있는 사람이 얼마나 될까. 거의 불가능에 가까운 것이 아닐까. 제인에게는 무대가, 당시 내게는 빠른 취업이 달콤한 유혹이었다.

대학 졸업 시기가 다가왔지만 하고 싶은 것도, 되고 싶은 것도 없었다. 그렇다고 잉여 인간이 될 용기도 없었다. 남들에게 인정받을 수 있는 직업이 있었으면 싶었다. 나는 항상 남의 시선 안에 살고 있었다. 남들이 나를 어떻게 생각하는지, 나를 인정하는지 아닌지가 자존감의 근원이었다. 때문에 내 자존감은(사실 자존감이라 부를 수 없지만) 쉽게 무너졌고, 늘 롤러코스터를 타는 모양새였다.

친구들이 하나둘 좋은 직장에 취업하면 그것이 마냥 즐겁지 않았다. 그래서 떠났다. 싱가포르로. 남들이 인정할만한 회사에, 그것도 외국에 취업할 수 있었으니까. 그 외의 이유는 없었다. 내가 좋아하는지 아닌지, 할 수 있는지 없는지는 전혀 중요하지 않았다. 하지만 막상 싱가포르에 도착하니 조금 다른 것들이 보였다. 여름의 싱그러움을 사랑하는 나는 졸업 시즌의 매서운 겨울을 뒤로하고 싱가포르의 더운 날씨에 몸을 던졌다. 가벼운 옷차림에 마음마저 가벼워졌다. 다양한 인종과 국가에서 온 사람들이 뒤섞인 싱가포르에서는 누구도 내 위치와 직업에 관심이 없었다. 빈털터리 취준생인 내가 매일 싸구려 길거리 식당에서 호키엔 미(싱가포르식 볶음국수)를 먹어도 나를 궁금증 넘치는 눈으로 쳐다보는 사람이 없었다. 반대로 어느 누구와도 맛있는 사테(꼬치요리)와 맥주 한 잔이면 친구가 될 수 있었다. 그들은 내게 무엇을 좋아하는지 원하는지 물었다. 나를 둘러싼 것들 대신 내 안에 무엇이 있는지, 내 생각의 방향이 어디로 흐르는지, 하루를 즐겁게 보냈는지 궁금해했다. 내일의 내가 아니라 눈앞에 앉아 이야기를 나누는 '지금 그 순간'의 나를 보았다. 그 경험은 나를 바꾸기 시작했다.

우리에게는 내면에 귀 기울일 시간이 필요하다

매일 싱가포르 보타닉 가든에 갔다. 거기서 가져온 책들을 마음껏 읽고 여유로운 사람들을 구경하고 내가 원하는 것, 좋아하는 것에 대해 생각했다. 아주 오랫동안 그곳에 뿌리 박은 커다란 나무들은 나에게 시원한 그늘을 만들어주었고,

온전히 나만을 위한 하루들이 늘어갔다.

소설 속에서 텐과 마리의 동생이 만난 싱가포르 보타닉 가든 안, 유리로 만든 카페 역시 내가 좋아하는 곳 중 하나였다. 수백 년 넘게 그곳을 지키던 나무들로 둘러싸인 장소에서 식사도 할 수 있고, 티타임도 즐길 수 있었다. 책을 읽기도, 글을 끄적거리기도, 여행 중 잠시 쉬는 시간을 갖기에도 충분히 좋은 곳이었다. 보타닉 가든 한 가운데에 있는 코너 하우스(Corner House)도 좋아했다. 찾기 어려운 곳에 숨어 있어 늘 조용한 분위기를 자아낸다. 차분히 자기만의 시간을 보내기에 제격이다. 그 옆에 있는 까사 베르데(Casa Verde)는 조금 북적이는 푸드 코트지만 저렴하게 한 끼를 해결할 수 있어 자주 찾던 곳이다. 인스턴트 토마토 스파게티가 의외로 맛있다.

이렇게 보타닉 가든을 거닐고, 그곳에서 시간을 보내며 10일 정도 지나자 조금씩 나라는 사람에 대해 생각이 정리되기 시작했다. 내가 어떤 사람인지, 무엇을 원하는지, 어떻게 살아야 하는지 알아갔다. 지금껏, 그 많은 시간 동안 온전히 나를 위한 하루가 없었다는 사실에 놀라며, 나는 나와의 데이트를 이어갔다. 그리고 마치 처음 만난 상대를 알아 가듯

나라는 사람에 대한 정보를 늘려갔다.

'나는 온종일 사무실에 앉아 있는 직업을 가질 수 없는 사람이다. 나는 햇빛을 늘 마주하고 그 아래에 있어야 하는 사람이다. 나에게 돈은 살 수 있는 정도만 벌면 되는 것이다. 마음껏 글을 쓰고 싶다. 항상 새로운 경험을 할 수 있어야 한다. 외국에서 살 수 없다. 가족과 함께 있어야 내 마음이 충만하다. 내가 빛나는 자리는 가족 안에 있는 나의 자리이다.'

이십오 년 넘게 알던 나와 전혀 다른 나를 만났다. 지금껏 내가 누구인지, 무엇을 원하고 좋아하는지 생각해 볼 기회도 없이, 혹은 스스로 그 기회조차 만들지 않은 채 살아왔음을 깨달았다. 남들이 가는 방향으로 함께 달리기 바빴을 뿐, 그 길을 달리고 있는 나의 상태에 대해 궁금해하지 않았다. 누군가의 이야기와 내 이야기는 전혀 다른 것이 당연함을, 우리가 각자 원하는 방향으로 달리는 게 정상임을 그제서야 알게 된 것이다.

〈불온한 숨〉의 주인공들은 모두 자신의 내면을 들여다보고 자신이 가장 원하는 것을 쟁취하기 위해 온 열정을 바친다. 타인의 관심이 나와는 무관하다는 것을, 다른 사람의 시선이

episode two 누구나 길을 잃는다

실제 나에게 닿지 않는다는 것을 알고 있다. 아무도 나를 나만큼 알려고 애쓰지 않는 게 당연하다. 나에게 필요한 것은 타인의 관심이 아니라 스스로를 알아갈 수 있는 시간이다. 좋아하는 것이 없어도 상관없다. 그 답을 얻기까지 무수히 많은 '나'를 알게 된다는 것이 중요하다. 지금껏 그 당연한 사실을 인정하지 못해 누구도 기억 못 할(심지어 나 자신조차 모를) 나를 위해 애써왔다는 것이 살짝 억울해질 지경이었다.

세 번째 여행.

일본, 니가타

"사랑과 이별에 관해 쓰기"

〈설국〉

가와바타 야스나리

우리는 눈이 펑펑 내려 온 세상이 하얗게 뒤덮여 있는 모습을 보통 '설국'이라고 표현한다. 그러나 설국에 또 다른 의미가 담겨 있다는 사실을 아는 사람은 많지 않다. 설국은 설경을 이르는 말이기도 하지만 특별한 지역을 의미하는 단어이기도 하다. 그 지역이 바로 일본의 니가타이다.

국경의 긴 터널을 빠져나오자, 설국(눈의 고장)이었다.

아주 유명한 첫 문장으로 시작되는 〈설국〉은 일본인 최초로 노벨문학상을 수상한 가와바타 야스나리가 니가타에 머물며 이 지역을 배경으로 쓴 소설이다. 이 소설을 한 문장으로 소개하자면 '주인공인 시마무라와 게이샤 고마코의 사랑 이야기' 정도가 될 것이다. 세상 모든 것이 시시한 시마무라는 제멋대로이다. 고마코의 사랑조차 '헛일'이라고 생각한다. 그러나 그녀에게 끌리는 것은 어쩔 수 없다. 그렇기 때문에 내킬 때만 그녀를 찾는다. 그리고는 아주 쉽게 다시 떠난다. 반대로 고마코는 시마무라를 열정적으로 사랑한다.

P 95

"사람은 참 허약한 존재예요.. 머리부터 뼈까지 완전 와싹 뭉개져 있었대요. 곰은 훨씬 더 높은 벼랑에서 떨어져도 몸에 전혀 상처가 나지 않는다는데" 하고 오늘 아침 고마코가 했던 말을 시마무라는 떠올렸다. 암벽에서 또 조난 사고가 있었다는 그 산을 가리키며 한 말이었다.
곰처럼 단단하고 두꺼운 털가죽이라면 인간의 관능은 틀림없이 아주 다르게 변했을 것이다. 인간은 얇고 매끄러운 피부를 서로 사랑하는 것이다. 그렇게 생각하며 노을 진 산을 바라보노라니, 감상적이 되어 시마무라는 사람의 살결이 그리워졌다.

그러나 실제 이 책을 읽으면 이렇게 간단한 설명으로는 도저히 이해할 수 없는 인물들의 감정을 만나게 된다. 주인공들의 행동, 태도는 사실 사랑하는 사이라고 생각하기 어려울 정도이다. 읽으면서 불쑥 짜증이 올라오는 순간도 있다. 그러나 작가가 12년간 수정을 반복하며 완성한 150페이지 남짓 되는 이야기에는 사람과 사랑에 대해 생각하고 곱씹어야 하는 무수한 단상과 사유, 암시들이 가득하다. 때문에 소설이라기보다 시에 가깝다고 느껴질 정도. 이야기를 읽는 게 아니라 장면 장면을 이미지로 만들어 머릿속에서 연결 짓는다는 느낌이다. 앞뒤 설명이나 인과관계가 분명하지 않기 때문에 줄거리를 좇아 읽으면 '도대체 무슨 말이야?'라는 생각만 남게 된다. 나 또한 이 책을 몇 번이나 곱씹어 읽었는지 모른다. 물론 읽은 시간보다 책장에 꽂아둔 시간이 더 길었지만.

그다지 반갑지 않았던 니가타와의 첫 만남

내가 〈설국〉을 다시 읽게 된 계기는 일 때문이었다. 설국의 배경인 니가타로 출장을 가게 된 것. 여행 기자로 일하면서 생긴 직업병 중 하나가 남이 모르는 여행지, 새로운 여행 장소에 대한 집착이다. 6천만에 가까운 인구 중 한 해 3천만 이상이 해외여행을 떠나는 나라에서 여행 기자로 밥 먹고살기 위해서는 새로운 여행지 개발이 꼭 필요하다. 특히 일본은 가깝고 친숙한 여행지여서 한 두 번의 여행만으로 끝나지 않고 도쿄, 오사카 등 대도시를 다녀온 후 다음 여행지를 고민하는 이들이 많다. 그렇기에 더더욱 새로운 여행 장소 개발이 필요한 나라이다. 니가타 출장 역시 그런 목적이었다.

니가타의 매력에 푹 빠진 여행사 대표님의 소개로 출장을 계획했지만, 사실 니가타는 불친절한 여행지였다. 비행편도 대한항공밖에 없고 출발일도 정해져 있어 일정을 계획하고 맞추는 것이 어려웠다. 그렇기에 "니가타는 볼거리가 정말 많은 도시야. 사람들이 눈만 오는 곳으로 알고 있어서 너무 속상해. 진짜 좋은 곳인데. 분명 반하게 될 만한 도시야."라는 대표님의 말도 귀에 들어오지 않았다. 설국을 이름으로 가진 도시인데, 눈 빼면 남는 것이 무엇일까 싶었다. 더욱이 어지간한 일본 도시들은 모두 다녀봤고 어느 순간부터 일본 여행은 거기서 거기가 돼버린 나에게 더 이상 '반할만한 도시'는 없다는 생각이 확고했다. 일본은 새로운 매력을 찾을 수 있는 설레는 여행지가 아니라 언제나 편하게 갈 수 있는, 변함없는 단골 맛집 같은 여행지였다. 그래서인지 오래전 재미없고 어려운 고전이라고 생각하며 책장에 꽂아버린 〈설국〉이 꼭 니가타와 닮은 꼴이라는 생각까지 들었다.

털보다 가느다란 삼실은 천연 눈의 습기가 없으면 다루기 어려워 찬 계절이 좋으며, 추울 때 짠 모시가 더울 때 입어 피부에 시원한 것은 음양의 이치 때문이라고 옛사람들은 이야기했다. 시마무라에게 휘감겨오는 고마코에게도 뭔가 서늘한 핵이 숨어있는 듯했다. 그 때문에 한층 고마코의 몸 안 뜨거운 한 곳이 시마무라에게는 애틋하게 여겨졌다.

하지만 이런 애착은 지지미 한 장 만큼의 뚜렷한 형태도 남기지 못할 것이다. 옷감은 공예품 가운데 수명이 짧은 편이긴 해도, 소중하게만 다루면 50년 이상 된 지지미도 색이 바래지 않은 상태로 입을 수 있지만, 인간의 육체적 친밀감은 지지미만한 수명도 못 되는 게 아닌가 하고 멍하니 생각하고 있으려니, 다른 남자의 아이를 낳고 엄마가 된 고마코의 모습이 불현듯 떠올랐다. 시마무라는 움찔하여 주변을 둘러보았다. 피곤한 탓인가 싶었다.

가족이 있는 집으로 돌아가는 것도 잊은 듯, 오래 머물렀다. 떠날 수 없어서도, 헤어지기 싫어서도 아닌데, 빈번히 만나러 오는 고마코를 기다리는 것이 어느새 버릇이 되고 말았다. 그래서 고마코가 간절히 다가오면 올수록 시마무라는 자신이 과연 살아 있기나 한 건가 하는 가책이 깊어졌다. 이를테면 자신의 쓸쓸함을 지켜보며 그저 가만히 멈춰서 있는 것뿐이었다. 고마코가 자신에게 빠져드는 것이 시마무라는 이해가 안 되었다. 고마코의 전부가 시마무라에게 전해져 오는 데도 불구하고, 고마코에게는 시마무라의 그 무엇도 전해지는 것이 없어 보였다. 시마무라는 공허한 벽에 부딪히는 메아리와도 같은 고마코의 소리를, 자신의 가슴 밑바닥으로 눈이 내려 쌓이듯 듣고 있었다. 이러한 시마무라의 자기 본위의 행동이 언제까지나 지속될 수는 없었다.

눈 내리는 계절을 재촉하는 화로에 기대어 있자니, 시마무라는 이번에 돌아가면 이제 결코 이 온천에 다시 올 수 없으리라는 느낌이 들었다. 여관 주인이 특별히 꺼내어준 교토산 옛 쇠 주전자에서 부드러운 솔바람 소리가 났다. 꽃이며 새가 은으로 정교하게 새겨져 있었다. 솔바람 소리는 두 가지가 겹쳐, 가깝고도 먼 것을 구별해 낼 수 있었다.

또한 멀리서 들리는 솔바람 소리 저편에서는 작은 방울 소리가 아련히 울려 퍼지고 있는 것 같았다. 시마무라는 쇠 주전자에 귀를 가까이 대고 방울 소리를 들었다. 방울이 울려대는 인저리 저 멀리, 방울 소리만큼 종종걸음치며 다가오는 고마코의 자그마한 발을 시마무라는 언뜻 보았다. 시마무라는 깜짝 놀라, 마침내 이곳을 떠나지 않으면 안 되겠다고 마음먹었다.

11월 말 눈이 내리기 직전에 도착한 니가타에서 본격적인 매력 탐방 시간이 시작됐다. 첫 목적지는 백조의 호수라고 불리는 효코 호수. 백조들이 눈을 뜨고 먹이 활동을 시작하기 전에 가야만 백조로 가득한 호수를 만날 수 있기에, 아주 이른 새벽부터 서둘렀다. 그렇게 도착한 호수 앞, 눈이 번쩍 떠졌다. 드넓은 호수를 가득 메운 백조들의 모습이 아름다워서라는 낭만적인 이유를 기대했겠지만, 사실 너무 시끄러워서 정신이 들었다. 새벽부터 어찌나 우는지. 사진으로 보았던 유유자적의 주인공이라고는 전혀 생각할 수 없었다. 긍정적이든 부정적이든 니가타에게 선방을 맞았다. '네가 알고 있는 것이 모두 맞을 거라는 오만을 버려.'라고 말이다.

자기 일을 묵묵히 연마하는 사람들이 사는 도시

니가타는 장인의 마을이라고 해도 과언이 아니다. 기본적으로 100~400년 가까이 이곳을 지킨 양조장만 90곳이다. 여전히 전통방식을 고수하며 술을 빚는다. 그중 타카라마야 주조가 가장 인상적이었는데, 1885년에 창업해 4대째 이어진 양조장으로 직원은 10명 남짓이다. 아주 작은 양조장이지만 1년에 이곳을 찾는 손님이 약 2만여 명에 가까울 정도.

그러나 인기가 높아졌다고 규모를 키우거나 새로운 시스템을 만들어 술을 빚지 않는다. 처음 양조장이 문을 열었던 그 방식 그대로, 사람이 모든 것을 확인하며 한 단계씩 완성해 나간다. 덕분에 니가타 쌀인 고시히카리로 만든 사케부터 우리나라 막걸리와 비슷한 독한 사케 원주도 맛볼 수 있다. 그들에게서 자신이 지킨 것들에 대한 자부심이 느껴졌다. 한 장소에서 한 가지 일을 최고로 하고 있다는 것에 대한 자신감도 묻어났다. 니가타가 원조인 것은 술만이 아니다. 철강을 연마하는 기술이 뛰어나 애플 아이팟의 뒷면도 니가타에서 만들어진다. 70만 원을 넘는 명품 손톱깎이 브랜드 스와다, 캠핑용품의 명품으로 불리는 스노우피크도 이곳에서 태어났다.

"니가타는 일본에서 자영업자가 가장 많은 지역일 거예요. 모두가 장인인 동시에 사장이죠. 눈이 많이 오면 사실 할 수 있는 게 없어요. 그 시간 동안 일을 연마하는 것만이 할 수 있는 전부였기 때문에 모두 자기 일을 가지고 있는 게 아닐까 싶어요."라는 지역 관계자의 설명을 들으며 고개를 끄덕였다. 그 말 그대로의 의미에 수긍했다는 표현이자, 〈설국〉의 작가 가와바타 야스나리가 니가타 지지미의 품질과 인간의 하찮음을 비교한 이유를 이해했다는 의미의 끄덕임이었다. 그렇게 조금씩 니가타의 새로운 의미를 찾게 되었다.

시마무라와 게이샤 고마코의 재회

내 발길은 니가타 근대 시절 호상이었던 구 사이토가의 별저로 이어졌다. 17세기에 해안에서 날아오는 모래를 막기 위해 심었다는 소나무가 거목으로 자리한 별저는 아름다웠다. 특히 일본식 정원의 단풍이 인상적이었다. 천천히 정원 곳곳을 거닌 후 차를 한잔 마시기 위해 2층으로 올라갔다. 그리고 그곳에서 우리의 등장에도 눈길조차 주지 않은 채 꼿꼿한 자세로 서 있는 두 명의 게이샤와 마주했다. 교토 여행을 하며 멀리서 그녀들을 본 적은 있지만 이렇게 가까이서 만난 것은 처음이었다. 화장을 진하게 해 더 도드라져 보이는 그녀들의 무표정이 한편으로 두렵기까지 해 살짝 얼었다. 그리고 순간 〈설국〉에서 시마무라와 고마코가 재회하는 장면을 떠올렸다.

P 16

그 기다란 복도 끝 계산대 모퉁이, 차갑게 검은빛으로 번쩍거리는 마루 위에 옷자락을 펼치고 여자가 꼿꼿이 서 있었다.
결국 게이샤로 나선 게로군 하고 옷자락을 보고 덜컥 놀랐으나, 이쪽으로 걸어오는 기색도 없고 그렇다고 몸가짐을 흐트러뜨리며 맞이하는 교태도 부리지 않는다. 그저 가만히 움직이지 않고 서 있는 모습에서, 그는 먼발치에서도 진지한 뭔가를 알아채고 급히 다가갔으나, 여자 곁에 서서도 말없이 있을 뿐이었다. 여자도 짙게 화장을 한 얼굴로 미소를 지어보지만 되레 울상이 되고 말아, 아무 말도 않고 둘은 방으로 걸어갔다.

카메라 셔터 소리, 많은 이들의 눈길에도 그녀들은 어떤 변화도 보이지 않았다. 춤을 출 준비를 하는 그녀들에게서 비장미까지 느껴졌다. 나이 든 게이샤의 노래와 연주에 맞춰 그녀들의 우아한 춤사위가 시작되는 순간, 나 또한 어떤 것도 할 수 없었다. 그저 그녀들의 춤 속으로 빠져드는 것밖에는.

모든 행사가 마무리되고 간단한 소개가 이어졌다. 그녀들은 정식 게이샤가 아닌, 수련생이었다. 하지만 머리부터 발끝까지 철저하게 단장하고 준비한 모습은 충분히 프로페셔널 했다. 목이 가늘어 보이도록 목덜미까지 놓치지 않고 화장한 모습에서는 일종의 감동마저 느꼈다. 양해를 구하고 그녀들을 카메라에 담았다. 고맙다는 인사를 전하자 그제서야 나에게 정식으로 게이샤가 된 후 다시 만날 수 있으면 좋겠다는 말과 함께 작은 종이 명함을 건넨다.

일본, 니가타

짧은 만남이었지만 그제야 고마코를 이해할 수 있게 되었다. 고마코는 처음부터 마지막까지 진심이었다. 〈설국〉은 재미없고 이해 못 할 사랑 이야기가 아닌, 진심을 다한 사랑 이야기였다. 진심은 결국 통한다. 어쩌면 진리는 모두 뻔하다는 그 뻔한 사실을 다시 한번 깨달았다. 고마코의 진심은 결국 뜬구름만 잡던, 어디로 튈지 모르고 제멋대로인 시마무라의 마음을 흔들고, 가서 닿았던 것이다.

나의 진심도 어디로든 가서 닿을 것이다. 방향을 맞추는 것은 내가 하는 것이 아니다. 나는 오로지 진심을 전하면 되는 것이고, 방향이 맞춰지고 어딘가에 닿아 또 다른 결과를 만들어내는 것은 기다려야 얻을 수 있는 결과다. 뜬구름 같던 나의 마음에 〈설국〉이 가진 한 가지 의미가 닿았다. 이 역시 작가의 진심 어린 글쓰기가 통한 것일까. 아직 통하지 못한 무수한 진심은 일단 묻어둘 일이다. 언젠간 또 와닿을 날이 올 테니 말이다.

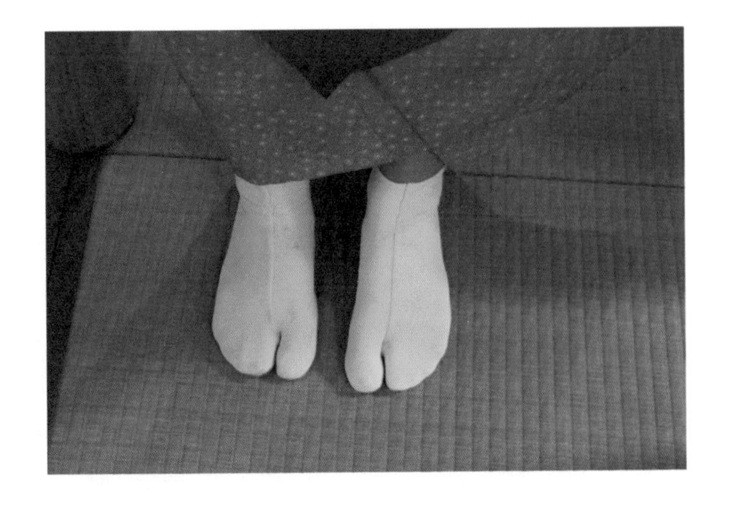

일본, 니가타

네 번째 여행.

일본 도쿄, 시모키타자와

"삶은 때로, 카레 한 그릇으로 채워진다"

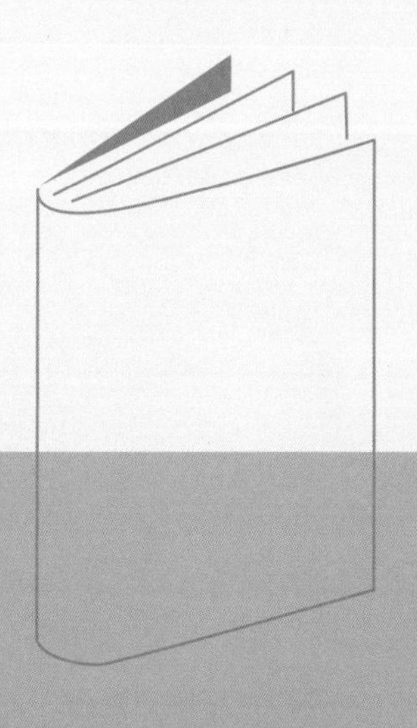

〈안녕, 시모키타자와〉

요시모토 바나나

— ○ —

예상치 못했던 일들로 우리의 일상이 맥없이 무너질 때가 있다. 당장 1분 후에 일어날 일들도 알 수 없어 매 순간 당혹스럽다. 사소하게 종이에 손을 베이는 것부터 존재의 상실로 인생이 뒤흔들리는 일까지 어느 하나 미리 알고 당하는 것은 없다. 〈안녕, 시모키타자와〉 주인공의 일상도 그렇게 하루아침에 무너진다. 늘 그래왔듯 출근했던 아빠가 내연녀와 자살했다는 이야기를 듣는다면, 우리 가족의 이야기가 텔레비전 뉴스에, 신문에 나온다면 어떨까. 이런 일쯤은 일어날 줄 알았다고, 예상했었다고, 별것 아니라고 견딜 수 있다고 말할 수 있을까. 자유롭지만 자상한 뮤지션 아빠, 항상 우아한 자태를 잃지 않는 엄마, 요리로 미래를 일궈 나가고 싶은 요시에. 평범하고 단란한 일상을 보내는 가족에게 아빠의 죽음은 일상을 뒤흔들기에 충분한 일이었다. 이 사건을 겪은 모녀가 일상으로 다시 돌아가기 위해, 마음의 상처를 치유하기 위해 찾은 곳이 시모키타자와였다.

P 9

"아무 의도 없이 자연스러운 흐름을 따라 확대된 어수선한 거리 구조는 인간의 너저분한 치부처럼 느껴지기도 하지만, 때로는 새가 꽃을 쪼아 먹는 모습이나 뛰어내리는 고양이의 매끄러운 몸놀림만큼이나 아름다워서, 실은 인간의 무의식 속 아름다운 부분이 아닐까 한다. 새로운 어떤 일을 시작하면, 처음에는 다 탁하다. 하지만 마침내는 깨끗한 흐름을 이루고 자연스러운 움직임 속에서 조용히 영위된다."
그 장면을 처음 보았을 때, 정말 옳은 말이라고 공감하는 동시에 눈물이 주르륵 흘렀다. 그 후로 몇 번이나 보면서 외우고 또 용기를 쌓았다. 어렴풋하게 알고 있는 것을 누군가가 언어로 분명하게 말해주면 이렇듯 마음이 편안해진다.

그녀들은 왜 시모키타자와로 갔을까?

책을 읽는 내내 한 가지 질문이 사라지지 않았다. 왜 그녀들은 시모키타자와로 갔을까? 그곳은 어떤 곳이길래 일상을 회복하고 상처를 치유하는 공간이 되었을까? 이 질문에 답을 얻기 위한 방법은 하나였다. 직접 가보는 것. 그래서 나는 도쿄에 있는 작은 마을, 시모키타자와로 떠났다.

P 85

어느 날 저녁, 잠시 쉬려고 집에 돌아왔는데 엄마가 없었다. 나는 원두도 살 겸 카페오레나 마실까 하고 남쪽 출구 앞 쇼핑가에 있는 '몰디브'로 향했다. 가게 앞에서는 커피콩을 볶고 안에서는 볶은 콩을 파는 오래된 커피숍이다. 남쪽 출구 쇼핑가를 걸을 때면 몰디브 아저씨가 우람한 팔로 콩을 볶는 구수한 커피 향이 풍긴다. 그때의 느낌도 오래도록 변하지 않았다. 오늘도 커피 한잔 맛나게 마시고 분발해야지, 하는 의욕이 샘솟는다.

요시에에게 삶의 의욕을 불어넣어 준 커피 향이 가득한 카페 몰디브가 시모키타자와 여행의 시작점. 시모키타자와역에서 내려 조금 걷다 보면 바로 보이는 카페 몰디브는 요시에가 애인 사이가 되는 신야 씨와 처음 이야기를 나눈 곳이기도 하다. 사실 책을 읽었을 때 그 둘이 대화를 나누는 대목이 참 억지스럽다고 생각했다. 그러나 직접 방문을 했을 때 요시에가 카페오레를 주문하기 위해 가게 안으로 한걸음

내디디며 둘이 이야기를 나누는 것이 지극히 자연스러운 일이었음을 깨달았다. 몰디브는 아주 작은 카페이고, 커피뿐 아니라 수많은 원두와 커피 관련 용품을 판매하는 숍이라 발 디딜 틈이 없다. 젊고 귀여운 두 사람이, 서로를 알던 두 사람이 이 좁은 통로에서 만났다면 당연하게도 인사를 할 수밖에 없었을 것이다.

몰디브의 카페오레는 진한 커피와 달짝지근한 우유가 사랑스러운 비율로 조화를 이룬다. 한입 마시는 순간 입 속에서부터 몽글몽글한 느낌이 피어나기 시작한다. 요시에가 몰디브의 카페오레를 선택한 것은 이 때문이 아니었을까. 몽글몽글한 맛이 마음을 어루만져 주었을 테니까. 나 역시 한결 부드러워진 마음을 느끼며 홀짝홀짝 카페오레를 마셨다.

카페오레 한 잔 덕분에 한없이 가벼워진 발걸음을 따라가니 시모키타자와의 아기자기한 가게들이 눈에 들어왔다. 시모키타자와의 가게들은 비슷한 것 하나 없이 전부 다 다른 색을 가졌다. 중고 의류 숍 옆에 크로켓 가게가, 전자제품 가게 옆에는 전통찻집이 있었다. 옆 가게와는 무조건 다른 가게를 열어야 한다는 법칙이 있는 것 마냥 어울리지 않는 가게들이 나란히 서 있었다.

P 15

일상이란 그런 때에도 유지되어야 하고, 또 어떻게든 유지된다. 나는 길을 걷고 있다는 점에서도 다른 사람과 아무 차이 없는 것처럼 태연해 보이는 자신이 신기했다. 속은 이렇게 엉망진창인데, 쇼윈도에 비친 내 겉모습은 예전과 조금도 다르지 않았다.

그런데 그 모습이 이질적이기보다 편안해보였다. 길을 걷는 사람에게도 그들의 편안함이 전염된 듯, 속은 어떨지 몰라도 겉은 괜찮아진다. 애쓰고 노력하지 않아도 괜찮아지는 것은 때때로 큰 도움이 된다. 온 세상이 나를 향해 괜찮다고 이야기해주는 느낌. 인위적이지 않게, 과하게 신경 쓰지 않고 늘 그랬다는 듯이. 그 일상적인 괜찮음은, 어긋난 삶을 다시 괜찮은 일상으로 돌려놓는 힘을 가지기도 한다. 시모키타자와 거리는 그런 매력을 지녔다. 어떻게든 유지되는 일상이 있는 공간이랄까.

MOLDIVE
自家焙煎の店
モルディブ
BREA

餃子の王将
下北沢店
餃子の
王将
下北沢店
お食事処
餃子の王将

CHICAGO
SALE
GUINNESS

mobile
oftBank
You can choose as you like!
TAL
自転車を除く

McDonald's

거리를 걸으며 다음 목적지로 정한 곳은 카레 집이었다. 사실 책을 끝까지 보면 모녀가 시모키타자와에 온 진짜 이유는 바로 카레 때문이다. 요시에와 엄마가 쓸쓸하고 괴로운 마음을 위로받던 카레 집. 때문에 나 역시 시모키타자와 여행의 가장 큰 목적을 카레 집 방문에 두었다.

가혹한 일을 겪었다고 해서 내내 괴로운 것은 아니다. 우리는 망각의 동물이고 아무리 소중한 사람을 잃었다고 해도 그가 나 자신보다 소중하지 않다는 것을 본능적으로 알고 있다. 괴로워도 살아지는 것이 그 이유다. 나도 모르게 나아지려고 끊임없이 노력하고 벗어나려고 발버둥치는 것 역시 본능이리라. 그럼에도 종종 우리는 무너지고 부서진다. 특히 괜찮아졌다고 믿던 순간에 한 번씩 찾아오는 고통은 사람을 더욱 지치게 한다. 그럴 때 필요한 것이 바로 삶의 따뜻한 무엇인데, 모녀에게는 그것이 카레 한 그릇이었다.

P 196

"돌아가서 카레 먹을까?"

"대찬성! 오늘 그 가게 문 열었어?"

나는 웃었다. 우리 사이에 카레 하면 가는 곳은 늘 정해져 있었다. 통나무집 같은 인테리어에 자그마해도 유명한 그 가게는 우리 집에서 걸어 오 분 거리에 있다.

"응, 아까 오면서 간판 확인했어. 하고 있더라. 너는 뭐 먹을 건데?"

엄마가 물었다.

"엄마는 버섯 카레로 할 건데."

"나는 매운 야채 카레를 곱빼기로."

나도 분명하게 대답했다. 그랬더니 기분이 밝아졌다.

"왜 그 가게 카레는 그렇게 맛있는지 모르겠어. 밥이 남는 일도 절대 없고, 접시에서 넘쳐흐를 것처럼 듬뿍 끼얹은 카레 소스만 봐도 기분이 풍성해지잖아. 그리고 가지가 또 일품이라니까. 달콤한 게 얼마나 맛있는지! 가게 이름에도 '가지'가 있는 것 보면 알만하지."

엄마가 생글거리며 말했다. 이 집에서 이렇게 웃는 엄마 얼굴을 얼마 만에 보는 것일까. 나는 감개에 젖었다. 이 집의 하얀 벽을 배경으로 한 웃는 얼굴이 정말 반가웠다.

"있지 그럼, 저쪽에서 청소 좀 하고 있을 테니까, 끝나면 말해."

"응."

이렇다 할 대화는 아니었지만, 각자에게 결정적인 순간이었다. 전혀 예상하지 못했던, 갑작스러운 기분이었다. 저쪽 세계로 돌아가고 싶다. 그 모퉁이를 돌아 그 가게에 가고 싶다. 길모퉁이에 간판이 나와 있으면 안도하는, 그 기분을 느끼고 싶다. 나무문을 열고, 친구네 집 같은 차분하고 조그만 그 가게로 들어가, 맛있는 카레를 만드는 과묵한 부부와 노련미는 없어도 성실하게 손님을 대하는 점원들을 보고서 안심하고 싶다.

이곳에 가서 카레 한 접시를 비우고 나면 내 삶도, 내 상처도 괜찮아지지 않을까 싶은 기대감에 찾은 시모키타자와. 소설 속에는 정확한 이름이 나오지 않아 인터넷으로 검색해 겨우 알아냈다. 바로 가지 아저씨네(茄子おやじ). 두근거리는 기대감을 갖고 그곳으로 향했다. 그러나 지도가 알려주는 곳을 아무리 헤매도 가게는커녕 벽밖에 보이지 않았다. 아무리 근처를 서성여도 가게 하나 보이지 않았다. 혹시나 하는 마음에 지도와 달리 마음 가는 대로 골목을 거닐었고, 결국 요시에 모녀를 안심시켰던 작은 가게를 만났다. 아주 작은 골목 두 개 사이에 위치한 데다가 주택가 안에 숨어있다 보니 정말 찾기가 어려웠다. '어? 이 골목이 아닌 것 같은데? 뭔가 잘못된 것 같은데… 없어진 건가?' 등등 수많은 불안을 뒤로하고 한 발을 더 내디뎌야 찾을 수 있는 장소였다.

그렇게 겨우겨우 찾아간 가지 아저씨네는 통나무 문과 커다란 창, 낡은 간판 등 소박한 느낌의 외관과 의자와 테이블, 걸을 때마다 끽끽 소리를 내는 바닥까지 원목으로 되어 단단하지만 푸근한 느낌을 풍기는 안락한 내부가 어우러진 곳이었다. 귀여운 그림이 그려진 냅킨과 그릇까지 어느 하나 툭 하고 튀어나온 것 없이 조화롭다. 가게 귀퉁이에 요시모토 바나나와 주인아저씨가 찍은 사진이 걸려 있는 걸 보니 제대로 찾아온 게 맞는 것 같다.

기대에 부풀어 요시에처럼 야채 카레를 주문했다. 넉넉한 밥에 듬뿍 끼얹은 카레 소스를 보는 것만으로도 마음이 풍성해졌다. 한입 뜨는 순간 눈물이 핑 돌았다. 나도 모르게 안도감이 느껴졌다. 괴로운 지금이 아니라 안심이 되는 저쪽 세계로 돌아가고 싶은 마음을 알아주는 듯한 카레였다. 사실 특별한 맛을 가진 카레는 아니다. 요시에가 카레를 먹고 안도감을 느꼈듯, 나도 카레를 먹으면 안도감을 느낄 수 있을 거라는 막연한 기대감이 플라시보 효과가 되어 내 상처를 치유해준 것 같다. 이런 순간은 사실 어떤 설명으로도 완전하게 전하기가 어렵다.

그 시간, 그 장소, 그 순간의 마음 상태는 온전히 나만의 경험이고 느낌이니 말이다. 다만 〈안녕, 시모키타자와〉를 읽은 사람이라면, 알 수 없는 상처들로 마음이 무너지고 일상이 흔들릴 때 이곳의 따뜻한 카레 한 그릇이 삶을 채워줄 수 있을지도 모른다. 요시에와 엄마가 그랬고, 내가 그랬듯.

아무 일 없이 평온하게 흘러가는 일상은 또 무너질 수 있다. 아무 일도 없을 거라고 바라지 않는다. 과도하게 계획을 세우거나 기대하지도 않는다. 갑자기 몰아치는 고통이 반복되어도 결코 익숙해지지는 않는다. 우리는 살아가는 동안 끊임없이 상처받고 실망하며, 후회도 늘 뒤따를 것이다. 그러나 그 모든 순간은 결국 지나간다.

다른 사람에게는 별것 아닌 일이 긴 시간 자신을 괴롭히는 이유가 될 때, 누군가 '아직도 힘든 거야?'라고 물어볼 정도로 도저히 나아지지 않는 상처 때문에 마냥 두렵기만 하다면, 괜찮은 줄 알았는데 아주 작은 일에도 다시 무너지고 있다면, 이런 일들로 고통의 한 가운데에 서 있다면 시모키타자와 여행을 권한다. 시모키타자와에는 작은 위로가 있다. 마음을 풀어주는 카페오레와 괜찮다는 위안을 주는 거리 풍경, 삶을 따뜻하게 채워주는 한 그릇의 카레가 있는 곳.

시모키타자와에는 살아내려고 무언가를 하기 시작하는 사람들이 있다. 그곳에서 그들이 느낀 감정을 함께 느끼는 것만으로도 마음에 충분한 휴식이 될 것이다.

다섯 번째 여행.

크로아티아, 자다르

"온전하게 성인으로
누군가를 책임진다는 것의 의미"

〈분홍 손가락〉
김경해

-○-

P7

"사람은 열여섯 살에서 스무 살 사이에 인격이 만들어진다."
엄마의 오래된 책장을 뒤지다가 떨어뜨린 책에는 그런 문장에 밑줄이 쳐 있었다.
고3인 나에게는 인격이 아니라 돈이 필요하다.
돈이 있어야 인격은 품위 있게 만들어진다.

나는 언제부터 누군가의 보호자가 되었을까?

대학생 신분으로 아르바이트를 시작해 처음 돈을 벌었을 때, 어학연수를 하며 혼자 살기 시작했을 때, 취업하겠다며 훌쩍 한국을 떠났을 때 등 내 인생에는 여러 번의 포인트가 있었다. 그러나 내가 언제부터 엄마의 보호자가 되었는지는 잘 기억나지 않는다. 그저 아주 당연하고 자연스럽게 나는 누군가의 보호자 역할을 하기 시작했다. 무엇을 물어도 답을 해주던 사람, 언제나 내가 가야 할 방향을 알려주던 사람이 엄마였는데 우리의 역할이 바뀌었다. 엄마는 시시콜콜한 것까지 나에게 물었고, 그 질문에 답은 내 몫이 되었다.

의지와는 별개로 시간이 흐르면 당연히 개인이 가지는 역할이 변한다. 부모의 보호를 받던 아이는 자라 성인이 되고, 자신의 인생을 책임지는 어른이 된다. 그리고 조금 더 시간이 지나면 큰 울타리였던 부모님의 품을 넘어 새로운 울타리를 만들게 된다. 이런 과정을 겪으면서 '늘 내 앞에서 든든하게 걸어주던 누군가가 없다는 것이 이런 느낌이구나'라는 사실을 새삼 깨닫는다. 김경해 작가의 〈분홍 손가락〉은 이 관계의 변화를 그린 소설이다. 인터넷 로맨스 소설 작가로 계약까지 한 고3 나래와 신춘문예에 당선됐지만 공장에 다니며 생계를 이어온 엄마와의 관계가 변하고 달라지는 과정을 통해 개인의 성장을 보여준다. 엄마가 시키는 것만 했던 딸이 어느새 자라 엄마의 꿈을 이해하고, 엄마의 상실과 지나온 삶을 위로한다.

P 157

"나도 돈 있으면 좋겠다."

엄마가 세상에서 제일 불쌍한 사람처럼 말했다.

"왜?"

"여행가게……."

엄마는 여행이 무슨 구원이라도 되는 것처럼 말했다.

"꼭 가고 싶어?"

엄마는 어린아이처럼 고개를 끄덕거렸다.

"보내줄게."

나는 엄마처럼 말했다.

엄마와 나는 역할이 뒤바뀐 영혼처럼 돼버렸다.

"꼭 가고 싶은 데가 있는데……."

"어디?"

"바다 오르간."

"그런 데가 있어?"

"크로아티아…… 그 푸른 바다를 보면서 파도가 부딪쳐서 내는 소리를 듣고 싶어. 들어볼래?"

엄마가 옆에 있던 핸드폰을 들고 뭔가를 찾기 시작했다.

크로아티아라니…….

너무하지 않은가.

엄마가 들려주는 동영상 소리는 밖에서 술 먹고 떠드는 어떤 미친 아저씨 때문에 제대로 들리지도 않았다.

"좋지?"

엄마가 애절하게 말했다.

좋기는 개뿔.

고작 그 소리를 듣자고 그 먼 곳까지 비싼 돈을 들여서 가다니…….

엄마는 제정신이 아님이 분명했다.

나래는 제정신이 아니라고, 그 먼 곳까지 비싼 돈을 들여서 그까짓 것 들으러 가냐고 하지만 여행은 원래 그런 것이다. 꿈 또한 그런 것이고. 누군가에게는 정신 나간 짓이고, 무모하며 쓸데없는 짓 같지만 어느 누군가에게는 생만큼이나 절실한 것.

나래의 엄마가 꼭 가고 싶어 한 바다 오르간은 크로아티아 자다르에 있는 독특한 랜드마크다. 사람들이 많이 가지 않는 여행지였던 크로아티아는 한 TV 프로그램 덕분에 방문객이 300% 이상 늘었다. 그러나 그 방송에서도 자다르는 등장하지 않았다. 자다르는 크로아티아의 보석 같은 곳이지만, 유명세를 살짝 비켜 가 오히려 희소성을 가지게 되었다. 영화감독 히치콕이 극찬한 자다르의 석양, 나래의 엄마가 그토록 보고 싶어 한 바다 오르간, 밤이 되어야 진가를 드러내는 '태양의 인사'가 한자리에 모여 있는 곳, 자다르.

바다 오르간의 역사는 그리 길지 않다. 크로아티아의 젊은 건축가인 니콜라 바시츠(Nicola Basic)가 2005년, 고향을 위해 만든 작품이다. 파도가 계단에 부딪히면서 생겨나는 공기의 진동으로 35개의 파이프가 소리를 낸다. 덕분에 특정할 수 없는, 늘 새로운 곡을 오르간 연주로 듣는 셈이다. 바다는 단 한 번도 같은 파도를 보내는 일이 없기에, 바다 오르간으로 어떤 누구도 같은 음악을 들을 수 없다. 매 순간 바다 앞에 서 있는 사람만을 위한 연주가 펼쳐지는 것이다.

특히 히치콕이 극찬한 해 질 무렵 노을을 바라보면서 바다 오르간 위 계단에 앉아 파도 소리와 오르간 소리가 조화롭게 울리는 것을 듣고 있으면 그 어떤 것도 부럽지 않다. 시야에 보이는 것이라고는 짙은 푸른색의 수평선과 그 위로 눈부시게 반짝이는 햇살, 검푸른 색과 크로아티아를 닮은 주황색이 서로 지지 않으려는 듯 엉켜있는 노을 뿐이다. 이런 풍경에 바다 오르간 소리가 배경음악이 되면 누구라도 영화 속 주인공이 된다.

크로아티아, 자다르

바다 오르간 바로 뒤편에 있는 카페에 앉아 크로아티아 레몬 맥주 한 병을 마시는 것도 완벽한 시간을 보내는 방법이다.

니콜라 바시츠가 바다 오르간 바로 뒤편에 만든 '태양의 인사'는 300개의 유리로 만들어진 지름 22m의 원 모양 작품이다. 그 안에는 낮에 모아둔 태양열로 빛을 발할 수 있는 LED가 설치돼 있다. 낮에는 그냥 원형의 유리판이지만 어둠이 깔리면 붉고 푸른빛들로 바뀌면서 알록달록한 무드를 만든다. 붉은색 하트였다가 이내 푸른 바다가 되기도 한다. '태양의 인사'를 즐길 때는 가까이에서 빛의 변화를 보기보다 한 발 떨어져 작품 전체의 빛이 변하는 모습을 보는 게 좋다. 빛에 빠지지 않고 신비한 분위기를 즐길 수 있기 때문이다. 그 모습을 보며 나는 어쩐지 〈분홍 손가락〉 속 모녀가 서로를 감싸 안고 위로하는 모습 같다고 느꼈다. 그러다 보니 소설 속 모녀는 어느새 나와 나의 엄마로 변해 있었다.

무엇이든 양보하는 것이 체질이라고 여겨질 정도였던 엄마는 이제 하고 싶은 것, 가고 싶은 곳들을 이야기하기 시작했다. 누군가의 방패 역할을 쉬어도 된다고 여긴 엄마는 강한 전사가 아니라 평범한 아주머니가 되었다. 모르는 척, 관심 없는 척, 잊은 척하던 엄마는 솔직해지고 있는 중이다.

크로아티아 자다르에서 그런 엄마를 꼭 안아주어야겠다고 생각했다. 엄마가 평생을 나에게 그랬듯 말이다.

여섯 번째 여행.

미국, 뉴욕

"낯설지만 익숙한,
이상하지만 당연한"

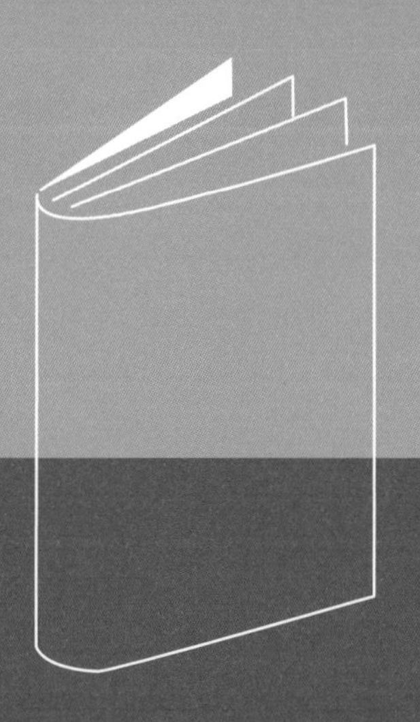

〈뉴욕 미스터리〉 중 '이상한 나라의 그녀'
줄리 하이지

- ○ -

처음 가본 곳인데 이전에 와본 적이 있다고 느끼거나 처음 하는 일인데도 똑같은 일을 했던 것처럼 느끼는 순간이 있다. 보통 이럴 땐 꿈에서 본 것 같다는 말을 많이 하는데 이런 현상을 데자뷔라고 한다. 뉴욕 공항에서 노란 택시를 잡아타는 순간에도, 그 택시가 5번가에 세워줄 때도 데자뷔를 느꼈다. 뉴욕은 분명히 처음인데 왜 그런 기분이 드는 걸까. 어릴 때부터 지금까지 봤던 수많은 할리우드 영화 속 배경이 뉴욕이어서일까. 내가 좋아했던 드라마 속 주인공들이 거닐었던 그 거리, 그 도시여서일까. 늘 보던 곳에 직접 오니 낯설지만 익숙한 느낌이 강했다. 사실 뉴욕은 한 단어로 설명하기 어려운 도시다. 유니언 스퀘어, 월 스트리트, 차이나타운, 센트럴파크 등등 여러 퍼즐이 모여 뉴욕이라는 하나의 도시를 만들기 때문에 어느 것이 가장 대표적이다, 중요하다 말하기 어렵다.

이런 뉴욕과 꼭 닮은 소설이 있다. 바로 〈뉴욕 미스터리〉. 미스터리 소설 협회에서 기획한 소설로, 뉴욕 17곳을 배경으로 17명의 작가가 각기 다른 미스터리를 써 한 권으로 모은 책이다. 독특한 외관 때문에 관광객의 필수 기념사진 장소로 손꼽히는 플랫 아이언 빌딩, 젠트리피케이션을 겪은 헬스 키친, 유니언 스퀘어와 첼시 등 뉴욕 곳곳이 소설에 등장한다. 특히 단편 소설이 시작할 때마다 지도를 첨부해 마치 지도 위에서 이야기가 시작되는 것 같은 느낌을 준다.

그 중에서도 나에게 가장 인상적이었던 작품은 '이상한 나라의 그녀'였다. 센트럴파크에 앉아 책을 읽고 있는 여자가 어떤 낯선 남자를 만나게 돼 대화를 나누다 그를 따라간다. 그 후 충격적인 사실이 밝혀지고 그 여자의 운명이 결정된다. 이야기도 흥미로웠지만 소설에 등장하는 배경 한 곳 한 곳이 기억 속 장소들과 하나로 합해지며 디테일한 장면들이 머릿속에 연상돼 생생한 감각이 더 살아났다.

P 39

"그런데 『이상한 나라의 앨리스』를 들고 센트럴파크에 앉아 있는 게 '특별한 일'이에요?"
그녀가 말했다.

"올해는요." 그는 몇 페이지 더 넘겼다. "나 자신에게 좋은 기억을 선물하는 중이죠."

"어린 시절을 되돌아보고 있었던 건 당신이네요?"

"그 비슷하죠. 오늘은 아버지 생각을 안 할 수가 없네요. 자식들하고 교감하는 방법을 잘 아는 분은 아니셨죠. 하지만 소리 내어 읽을 책만 드리면 묵직한 바리톤의 셰익스피어 연극배우로 변신했어요. 물론 그때야 셰익스피어 연극배우나 바리톤 목소리가 뭔지도 몰랐지만, 아무튼 아직도 아버지 목소리가 생생해요." 그는 책을 들어 보였다. "이 책을 제일 좋아하셨죠."

그녀는 짧은 머리칼을 귀 뒤로 넘기려는 듯이 만지작거렸다.

"아버님은…… 세상을 떠나신 거?"

"작년 연말에요." 그가 말했다.

"안타깝네요."

그는 어린이집 아이들이 기어오르고 매달려 있는 동상을 턱짓으로 가리켰다. "우리가 어릴 때 여기 데려오곤 하셨어요. 앉아서 책도 읽어주고, 이곳에 오면 아버지 생각이 나요."

센트럴파크야말로 뉴욕의 상징이나 다름없다. 뉴욕에 있는 그저 그런 공원 정도로 생각하면 오산! 공원에 발을 들이면 어마어마한 규모에 깜짝 놀라게 된다. 그래서 센트럴파크 입구에는 자전거 호객을 하는 사람이 항상 있다. 센트럴파크를 제대로 보려면 자전거는 필수라고 이야기하며 센트럴파크가 얼마나 큰지 모르고 온 대책 없는 여행객을 구제해주겠다는 자세다. 낯선 남자가 자기를 따라오며 저렴하게 자전거를 빌려주겠다고 말하는 상황. 어쩐지 소설 속 장면 같기도 해 순간적으로 경계의 눈빛을 보냈더니 길 건너편의 자전거 대여점을 가리킨다. 바로 저기니까 겁먹지 말라고.

자전거를 빌려 센트럴파크에 들어가 10분쯤 타보면 깨닫게 된다. 그는 나의 구세주가 맞았다. 자전거 페달을 밟고 밟아도 고목이 양옆으로 펼쳐진 도로의 끝은 보이질 않는다. 내리막길이 잠시 이어지다가 오르막길이 시작됐다. 평소에 자전거는커녕 산책도 안 하던 내가 이 오르막을 자전거로 오른다는 것은 무리였다. 내려서 자전거를 끌고 천천히 걷고 있는데, 뉴요커가 자전거를 타고 오른다는 사실을 뽐내는 표정으로 내 옆을 지나갔다.

이곳의 자전거 도로는 일방통행이다. 일단 타기 시작하면 한 바퀴를 다 돌아야 하거나 중간에 빠져야 한다. 2시간 안에 자전거를 가져다줘야 추가 요금을 내지 않을 텐데

하는 생각이 머리에 스쳤다. 포기는 빠를수록 좋다. 샛길로 빠지기 전 조금 더 가다 보니 재클린 케네디 오나시스 저수지(Jacqueline Kennedy Onassis Reservoir)가 보였다. 공원 안에 이렇게 드넓은 저수지가 있다니. 저수지 뒤편으로 뉴욕 고층 빌딩의 스카이라인이 '여기가 뉴욕이야'하고 소리치고 있었다. 저수지 주변을 따라 조깅하는 뉴요커를 보니 실제로 마주하는 광경인지 미드를 보는 건지 헷갈렸다.

순간 누군가 나를 쳐다보는 시선이 느껴졌다. 주위를 두리번거리니 다람쥐가 사람을 보고도 놀라지 않고 나를 쳐다만 보고 있었다. 이상한 나라의 앨리스 책을 우연히 함께 들고 있는 그 남자와 여자가 이야기를 나눌 때도 다람쥐가 쪼르르 달려간다. 센트럴파크가 이런 대도시 안에 있다는 걸 다람쥐는 모르는 것 같다. 함께 빤히 쳐다보니 기분 나쁜 듯 획 돌아서 달아나버렸다. 커다란 플라타너스 나무 뒤로. 그와 그녀가 사람들을 피해 센트럴파크 깊숙한 어느 커다란 플라타너스 나무 뒤로 숨듯이.

벅찬 숨을 돌릴 겸 벤치에 앉으니 따뜻하게 내리쬐는 햇볕에 나도 모르게 눈이 감겼다. 벤치에 잠시 누워 봤다. 처음 누워 보는데도 마치 해봤던 것 같은 기분이 들었다.

어쩌면 이 장면도 어느 영화나 드라마 혹은 소설 속에서 봤던 것인지도 모르겠다. 그럼 어떠랴. 여긴 뉴욕이니, 어쩌면 그게 당연한 것이다.

미국, 뉴욕

일곱 번째 여행.

프랑스, 파리

"불가능을 가능하게 하는 원동력"

〈프랑스 대통령의 모자〉

앙투안 로랭

- ○ -

어른이 된다는 것을 다른 표현으로 바꾸면 '최선을 다해도 최고가 될 수 없다는 사실을 깨닫는 것' 정도이지 않을까. 무언가를 이루기 위해 얼마나 많은 기회비용을 지불해야 하는지 알게 되는 것, 이뤄가는 과정이 얼마나 힘들고 어려운지 경험으로 알게 되면서 우리는 어른이 되어간다. 그리고 때로 그런 경험에 갇혀 버리곤 한다. 스스로 경험했던 것 이상이 있을 수 있음을 쉽게 인정하지 못하게 되는 탓이다. 이런 부정적 영향은 어떤 일을 시작도 하기 전에 앞으로의 과정을 짐작하고, 미리 걱정하고, 결국 불안에 잠식당해 시작 자체를 포기하게 만들기도 한다. 그럴 때마다 무엇이든 하면 된다고 쉽게 희망을 끌어안던 어린 시절의 자신감들이 어디로 간 것일까 싶다. 무엇이든 희망 가득하게, 자신감 가득하게 볼 수 있는 아이템이 있었으면 하고 바라게 된다.

〈프랑스 대통령의 모자〉 속 주인공들의 바람도 다르지 않았던 것 같다. 그들은 프랑수아 미테랑 대통령이 단골 레스토랑에 두고 간 모자를 우연히 쓰게 되면서 지금까지와는 전혀 다른 모습을 보여준다. 모자를 처음 썼던 다니엘은 그동안 제대로 하지 못했던 일을 해결하며 승승장구한다. 그러나 잠시 모자를 놓아둔 사이 다른 주인공이 모자를 쓴다. 그렇게 한 사람씩 모자를 쓰는 순간 이유 모를 자신감이 충만해진다. 그동안 이루지 못했던 꿈이나 하고 싶었던 일들을 척척해나간다. 작가로 데뷔하는 파니, 새로운 향을 개발하는 조향사 피에르, 성향이 완전히 달라진 베르나르 등의 이야기가 이어진다.

각 인물의 이야기도 흥미롭지만 이 소설의 또 다른 재미는 프랑수아 미테랑 대통령이 실존 인물이었다는 점(제21대 프랑스 대통령)이다. 그가 살던 시대의 모습이 소설에 잘 그려져 마치 시대 소설 또는 역사 소설을 읽는 느낌마저 든다. 파리의 상징이자 전 세계인들이 꼭 들르는 루브르 박물관과 관련된 이야기처럼 우리가 아는 파리의 장소들을 새롭게 이해할 수 있는 내용이 특히 흥미로웠다.

루브르 박물관 매표소를 지나자 충격 그 자체였다. 대지를 뚫고 피라미드가 솟아오르다니, 생고뱅에서 제작한 유리 패널들은 아직 끼우기 전이었어도 철골 구조는 벌써 완성된 상태로, 작업을 위해 층층이 쌓아 올린 비계는 사카라 피라미드를 연상시켰다. 베르나르는 그 앞에서 모자를 벗었다. 모더니티가 그의 눈앞에 펼쳐지고 있었다. 그리고 그건 순전히 한 사람, 그가 이름을 지켜 준 그 사람의 의지가 빚어낸 산물이었다. 그랑 루브르 공사가 시작되면서 신석기 시대로 거슬러 올라가는 유적이 발견되었으며, 첫 삽을 뜬 이후 잊고 있던 열정을 되찾은 고고학자들은 땅속에 파묻힌 파리시 발굴에 열을 올렸다. 이 모든 것은 누구 덕분인가? 당연히 미테랑과 그가 구상한 굵직굵직한 공사들 덕분이다. 오페라 바스티유, 루브르의 피라미드, 라데팡스의 그랑다르슈. 더구나 그가 몸을 돌리자 저만치 멀리 거의 완성된 라데팡스의 그랑다르슈가 눈에 들어왔다. 프랑수아 미테랑은 자기가 사는 시대에 영향력을 행사할 줄 아는 인물이었다. 그는 역사 속에, 또 현재 속에 자기를 위치시킬 줄 알았다. 루브르 박물관 앞에 유리로 된 피라미드를 세우고, 팔레루아얄 안뜰에 줄무늬 기둥들을 심고, 개선문의 소실점 위치에 그랑다르슈를 짓는다는 구상은 보수주의적 입장과는 완벽하게 배치되는,

말하자면 우상 파괴적인 한 수였다. 아니, 펑크의 경계에서
아슬아슬하게 줄타기한다고 해야 하려나.

1989년 모두가 어울리지 않는다고 반대했던 유리
피라미드가 완성된다. 30년도 채 되지 않아 그 유리
피라미드가 루브르 박물관을 넘어 파리의 상징이 될
것이라고 미테랑 자신도 알지 못했으리라. 모두가 반대하고
만류하는데도 자신의 의지를 관철해 이뤄낸 미테랑 대통령.
작가의 관점에서 바라보며 그에 대해 이토록 사랑스러운
시선을 보내는 것도 그런 점 때문이 아닐까.

사소한 것만 바꿔도 삶이 달라질 수 있다

그들의 삶을 바꾼 것은 미테랑 모자가 가진 마법이 아니다.
아주 사소한 것들을 바꾸면서 자연스럽게 생긴 변화의 힘
덕분이다. 작은 깨달음, 작은 경험, 작은 위로, 작은 응원 등이
쌓여 한 사람의 인생을 바꾼다. 미테랑의 모자는 그들에게
마음을 비빌 언덕이자 작은 변화의 계기가 됐을 뿐이다.

루브르 박물관은 이런 계기들이 모여 있는 곳이다. 루브르에

가면 수없이 배우던 유명한 유물, 조각, 그림이 더 이상 머릿속 단어로 머물지 않고 실체로 느껴지는 경험을 하게 된다.
처음 루브르에 방문했을 때 가장 기대했던 것은 세계 최초의 성문인 '함무라비 법전'이었다. 그러나 아무리 전시실을 둘러봐도 내가 생각했던 법전은 보이지 않았다. 함무라비 법전이 있다는 전시실에는 칠흑같이 어두운 비석 하나가 전부였다. 그제야 비석을 자세히 들여다보았다. 결과적으로 그 돌덩이가 법전이었다. 내 경험 안에서 생각하니 법전은 모두 책의 형태를 지닐 거라고 정해 두었던 것이다. 세계 최초의 법전이라는 단어가 가지는 의미를 제대로 생각하지 않고 관성적으로 판단했다. 어쩐지 부끄러워져 함무라비 법전 앞에서 한참을 멍하니 서 있었다. 그때 어떤 초등학생이 엄마에게 충격을 받았다는 듯 말했다.
"엄마, 나 함무라비 법전이 책인 줄 알았어."
속으로 '나도'라고 말하며 '너는 나보다 20년은 먼저 그 사실을 깨닫는구나' 내심 부러워했다. 그 아이는 이제 단어를 단어로만 알지 않고 실체로 받아들이고, 아주 조금이라도 그 실체의 의미에 대해 고민해볼 수 있는 문이 열렸구나 라는 생각이 들었다. 그 아이는 나보다는 더 넓은 생각의 폭을 갖춘 어른이 될 것이다. 우리 생은 아주 작은 깨달음만으로도 충분히 바뀔 테니 말이다

프랑스, 파리

𝒫 266

그는 수수께끼 같은 말을 남기고 떠나갔다. 프랑스 국민에게 보낸 마지막 신년 인사에서 그는 의례적인 대통령의 새해맞이 인사와는 어울리지 않는 매우 당돌한 한 마디를 했다. 때문에 사람들 사이에서 이러쿵저러쿵 논란이 많았지만 어느 누구도 만족할 만한 해석을 제시하지는 못했다. 그 자신은 물론 아무런 설명도 하지 않았다. 오늘까지도 이 문장엔 무려 461만 개의 댓글이 달려있음을 구글에서 확인할 수 있다. 1994년 12월 31일, 신년 인사를 마치기 2~3초 전, 그는 두 눈으로 카메라를 똑바로 응시한 채 이렇게 말했다. "나는 정신의 힘을 믿으며, 여러분들을 떠나지 않을 겁니다."

미테랑이 아무리 대단한 대통령이라 한들, 그의 모자가 절대 반지 같은 강력한 힘을 지녔더라도 다니엘, 파니, 피에르, 베르나르 안에 아무것도 없었다면 이뤄질 수 있는 일은 무엇도 없다. 파리가 아름다웠기에 유리 피라미드가 파리를 더욱 빛나게 해주고 프랑스가 더 나아가려고 하기에 미테랑 같은 대통령을 얻을 수 있었던 것처럼. 조미료 한 꼬집이 음식의 맛을 좌우하듯 사소하다고 넘겨버릴 그 모든 것이 미테랑의 모자만큼 강력한 힘을 준 것이다. 미테랑 모자 없이도 그들이 충분히 잘 해내고 있듯이 말이다.

여덟 번째 여행.

영국, 런던

"비로소 '행복하구나'라고
느끼는 순간을 만나다"

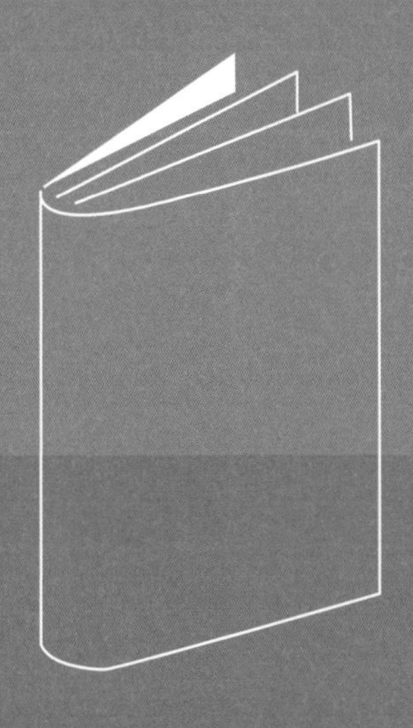

〈고양이는 내게 행복하라고 말했다〉
에두아르도 하우레기

–○–

'You can't judge a book by its cover'라는 영어 속담이 있다. 책 커버만 보고 그 내용을 판단하지 말라는 뜻인데 보통은 사람의 겉모습만 보고 판단하지 말라는 의미를 담고 있다. 물론 문자 그대로 책 자체에 해당하는 말이기도 하다. 사람들은 책을 고를 때 각자 자신만의 기준이 있다. 나는 흥미로운 소재나 좋아하는 작가의 책을 먼저 고른다. 그다음은 제목의 임팩트로 결정한다. 제목이 시선을 사로잡지 못하면 내용은 보나 마나라고 생각하기 때문이다. 그런데 반대로 흥미로운 예고편이 영화 내용의 전부인 경우가 많듯, 책도 제목이 다인 경우가 종종 있다. 이런 경험을 통해 표지와 제목만으로 책을 고르면 안 된다는 교훈을 얻었음에도 책 고르는 방식이 잘 변하지 않는다.

〈고양이는 내게 행복하라고 말했다〉 역시 제목에 뒤통수를 맞은 경우다. 제목은 멋진데 내용이 별로였다는 의미가 아니다. 사랑스러운 진한 살구색 바탕에 우아한 고양이 한 마리가 그려져 있는 삽화가 눈길을 끄는 이 책은 고양이를 좋아하는 나 같은 사람을 현혹하기 딱 좋았다. 말랑말랑한 고양이 뱃살을 어루만질 때의 기분을 느끼게 해줄 것 같은 내용이 담겨 있거나 고양이와 관련된 재미있는 이야기가 펼쳐질 것만 같은 인상을 주기 때문이다. 그런데 막상 책을 펼치면 조금 다른 분위기가 흐른다. 우선 첫 장면부터 주인공은 구역질이 날 정도로 스트레스를 받고 “나 대체 어떻게 된 거지?”라고 스스로에게 묻는다. 벌써 기분이 싸하다. 고양이 뱃살 같은 분위기의 책이 아닌 것은 확실해진다.

영국 런던을 배경으로 한 소설 속에는 주인공 ‘사라’가 등장한다. 사라에게는 오랫동안 동거한 남자친구 호아킨이 있다. 그러던 어느 날, 사라는 호아킨이 오랫동안 외도를 해왔음을 알게 된다. 이 일을 계기로 사라는 자신을 되돌아본다. 남자친구에게 일방적으로 기대서 살아왔던 시간, 꿈을 잃고 살아가던 자신 등을 돌아보며 삶의 주체성을 되찾으려 노력한다. 누군가에게 쫓기듯 살던 생활에서 벗어나려고 애쓴다. 잊었던 꿈을 찾아 진정한 행복을 얻기 위해 시도한다. 사라가 이렇게 변할 수 있었던 것은 모두 고양이 시빌의 제안을 따랐기 때문에 가능했다.

사라의 암컷 고양이 시빌. 시빌이 당당하게 사라를 향해 "널 입양하러 왔다"라고 외치는 장면에서는 나도 모르게 소리를 내서 웃고 말았다. 사랑스럽지만 건방진 고양이는 예측이 어렵다. 이 책도 그렇다. 도도한 고양이를 닮았다. 특히 배경이 런던이라 더 고양이다운 매력이 배가 되는 것 같다. 어쩐지 스산하고 차갑지만, 한편으로 사랑스러운 도시 런던과 고양이는 잘 맞는 파트너 같은 느낌이다.

P 108

"이 세상에서 제일 잘 알려진 주소가 바로 베이커 스트리트 221B번지라고요! 바로 모퉁이를 돌면 있어요. 진짜 셜록 홈스의 집이죠. 아직 안 가보셨어요? 꼭 가보세요. 아주 재미있는 곳이니까요."
그 말대로 셜록 홈스 박물관은 모퉁이를 돌자 바로 있었다. 사실 221B번지는 내가 막 다녀온 분실물 센터 바로 앞에 떡하니 보였다. 내 주의력은 평균 이하라는 게 이렇게 분명해지는군. 홈스에게서 배워야 할 게 많겠어. 난 세상에서 가장 유명한 탐정의 집 앞에 바로 분실물 센터가 있다는 기묘한 우연에 또 놀랐다. 이 모든 게 혹시 그 전설적인 영국식 유머 감각 때문은 아닐까.

벽돌 건물의 정문 벽을 바라보니 예스러운 가로등 둘과 가운데 창틀이 있는 거대한 창문을 사이에 둔 초록색 문 위로 파란색 현판이 보였다. 런던 어디서나 찾아볼 수 있는 것으로, 그 장소에 역사적 인물이 살았다는 사실을 알려주는 지표였다. 현판에는 '221B 수사 고문 셜록 홈스(1881~1901)'라고 적혀 있었다. 내가 가장 이상하다고 생각한 건 홈스가 진짜 사람이 아니라 문학 속 인물인데도 우린 그렇게 생각하지 않는다는 점이었다. '진짜 셜록 홈스의 집'이라니, 샌드위치 가게 점원이 그렇게 말했었지, 아마?

이 이상하다는 느낌은 작은 박물관 안 여러 방을 둘러보면서 점차 커졌다. 정말로 유명한 형사의 '진짜' 집을 똑같이 만들어서 재현해놓았던 것이다. 오늘 오전엔 방문객이 그렇게 많지 않았다. 자기를 '미스터 왓슨'이라고 소개한 중산모 차림의 뚱뚱한 남자는 내게 2층으로 올라가는 열일곱 개의 계단을 보여주면서 구석구석 자그마한 것마다 얼마나 면밀하게 신경을 썼는지 설명했다. 서재의 벽난로 옆 의자 위에 바이올린이 놓여있는 모습이 마치 홈스가 몸소 바이올린을 내려놓고 최대의 적인 모리아티 박사와 대결하러 급히 떠난 것 같았다. 벽에는 파이프 여러 개가 전시되어 있었고, 유리 진열장엔 여러 화합물이 보였는데, 그 가운데 아편과 코카인이 담겼다는 유리병이 떡하니 자리 잡고 있었다. 방 전체에 홈스가 해결한 것 중 가장 유명한 사건들의 소품, 즉 가운데가 텅 빈 책 속에 숨긴 권총이나 지문이 찍힌 피 묻은 벽지 조각 등이 가득했다.

하지만 이것들이 모두 가짜라는 건 분명했다. 바이올린과 파이프, 한두 명의 희생자를 찔렀다고 여겨지는 딱지 붙은 칼들 모두가 가짜였다. 이런 가짜 단서들을 보고 관광객들은 기억을 더듬어 가짜 탐정을 떠올리게 되는 것이다. 생명을 불어넣은 허구, 아니면 허구적 재료로 만든 현실이라고나 할까. 이런 모조품들 속에서 유일하게 사실인 건 바로 이곳의 주소, 베이커 스트리트 221B뿐이다. 탐정이 살았던 적은 없지만 매년 수천 명이 방문해 자기가 '진짜' 홈스의 집에 가서 바이올린과 파이프를 보았노라며 말할 수 있는 그 장소만이 사실이다.

이 장면에서 사라는 지하철에서 물건을 잃어버리고 지하철 분실물 센터에 들렀다가 셜록 홈스 박물관에 간다. 이 부분을 읽고 런던을 찾았을 때 아주 긴 줄을 피하고자 박물관이 문 여는 시간보다도 일찍 그곳에 도착했다.

영국, 런던

한 시간의 여유를 어떻게 즐길까 생각하다 주변 상점들을 천천히 둘러보기 시작했다. 그중에서도 앤티크한 카메라와 소품이 놓여있는 에메랄드색의 상점이 눈에 들어왔다. 모든 물건이 이렇게 예쁠 수 있는 건가 싶은 모습이었다. 특히나 마음에 드는 소품이 하나 있어 가격을 보려고 택을 확인하니, 브랜드가 아니라 장소가 적혀 있었다. 이상하다고 생각하며 다시 상점 간판을 봤는데, 세상에! 여기가 바로 사라가 들렀던 분실물 보관소였다. 의도하지는 않았지만 책 속에서 흥미롭게 읽은 구절과 같은 상황에 놓였다는 것에 절로 웃음이 나왔다.

사실 이 소설이 인상적이었던 것은 작가가 공간을 바라보는 관점에 놀라운 부분이 많았기 때문이다. 매년 수천 명의 사람들이 셜록 홈스의 집을 직접 보기 위해 박물관을 찾는다. 그러나 작가는 과감하게 장소는 사실이지만 우리가 보고 있는 모든 것은 가짜라고 이야기한다. 셜록 홈스를 좋아하는 사람이라면 한 번쯤 꼭 가보고 싶어 하는 곳, 그러나 그 안에 있는 모든 것은 '가짜'다. 그런데도 우리는 왜 그곳에 열광할까?

인간은 허구와 상상, 거짓말 속에 있는 자기 자신에게 탐닉한다고 시빌은 말한다. 그러나 사라는 '내가 찾는 것은 실제 삶 속에서뿐만 아니라 허구 속에서도 찾을 수 있다'라고 생각한다. 실제 삶이 곧 허구이자, 허구가 곧 실제일지 모른다고. 시빌은 사라에게 오감을 사용해 실생활을 오롯이 느끼고 진정 원하는 것이 무엇인지 찾을 수 있도록 도움을 준다. 이 책을 읽는 이들은 시빌의 방법을 각자의 삶에 적용해 행복을 찾아보려는 시도를 할 수 있다. 허구의 이야기지만 진짜 삶에 적용된 좋은 예가 바로 이 소설이 아닐까 싶다.

시빌이 전한 행복의 방법은 큰 것이 아니다. 별것 아니라고 쉽게 스쳐 갔던 감정, 생각, 사람, 환경을 늘 새롭고 감사하게 여기라는 것이다. 그러면 충분히 행복한 삶을 느낄 수 있단다. 매번 가장 예민하게 순간을 느끼는 일. 쉽지만 어려운 그 일을 자꾸 시도하다 보면 성큼 다가오는 새로운 감정들(그 안에 분명 행복도 포함될 것이다)을 만날 수 있을 것이다.

P 300

난 런던 버스 2층 맨 앞자리에 앉아서 처음으로 런던을 방문한 것 같은 기분을 느꼈다. 커다란 나무, 벽돌집, 케밥 레스토랑, 오래된 빨간 전화 부스, 빨래방, 고풍스러운 술집, 터번을 쓴 시크교도, 옷깃에 뾰족한 스파이크를 단 소스족까지 모든 게 새롭고 신나 보였다. 횡단보도가 보이면 어디선가 비틀스가

> 튀어나올 것만 같았고, 스포츠카에는 전부 제임스 본드가 타고 있을 것만 같았다.
> 난 버스를 갈아타고 웨스트민스터 쪽으로 향했다. 버스는 강을 건너 거대한 최신식 런던 아이를 거쳐 빅벤에 멈췄다. 나는 거대한 네오고딕 양식의 국회의사당, 즉 웨스트민스터 의사당 건물을 한가로이 거닐었다.

사라는 이후에 웨스트민스터 사원에 들어가기도 하고 세인트 제임스파크를 가로질러 버킹엄 궁전도 간다. 계속해서 그린파크를 지나 메이페어 상점가에 다다르지만 물건을 사기보다 런던 곳곳을 산책하고, 그 순간 느끼는 감정에 집중한다. 그러다 제임스 스트리트에 다다랐을 때 토니노 식료품점을 만난다. 이곳은 사라가 가장 좋아하는 장소 중 하나로 최상급 치즈와 고기, 와인과 저장 식품을 쌓아놓고 파는 곳이다. 아주 맛있는 빵과 페이스트리가 있으며 이탈리아 음식을 즉석에서 만들어 주기도 한다. 사라는 금식을 하기로 결심했기에 음식을 먹지 않는다. 그러나 책을 읽던 나는 어느 순간 입맛을 다시며 이곳에 꼭 가야겠다고 다짐하게 된다.

구글 맵에 토니노 식료품점을 검색했지만 찾지 못했다.

그러나 쉽게 포기할 내가 아니었다. 종종 쓸데없는 집요함과 고집에 사로잡혀 마침내 원하는 답을 얻어내고야 마는 성미가 고개를 들었다. 바로 페이스북을 통해 소설의 작가에게 메시지를 보냈다. 작가님의 책은 감동적이며 그것에 관한 글을 쓰고 있다고. 작가님의 책을 읽고 토니노 식료품점에서 즉석으로 만든 이탈리아 음식이 먹고 싶어졌다고. 그것도 런던에서. 그러니 그 식료품점을 찾아갈 수 있는 정보를 달라는 내용이었다. 내가 생각해도 어처구니가 없었지만, 이런 책을 쓴 작가라면 답을 줄 것만 같았다. 그리고 내 예상은 적중했다. 친절한 하우레기 작가는 자기에게 감명을 준 식당을 알려주었다. Terroni and sons 식료품점과 Carluccio's를 참고했다며 주소와 관련 URL까지 보내주었다.

바로 숙소와 가까운 Terroni and sons에 가기로 했다. 식료품점은 런던 주택가에 소박하게 자리 잡고 있었지만 꽤 큰 규모를 자랑했다. 창가를 따라 하얀 식탁보가 놓인 작은 테이블이 여러 개 있었다. 관광지가 아니니, 처음 보는 동양인의 방문에 매우 놀란 눈치였다. 테이블 한 곳에 자리를 잡고 라자냐와 와인 한 잔을 주문했다. 나를 제외하고도 젊은 커플, 유모차를 끌고 온 아빠와 아기가 각자 테이블에

WEL COME
TO
TERRONI
STONE BAKED
PIZZA
OPEN TILL LATE
PASTA, SALADS,
ANTIPASTO AND MORE
open

앉아 저마다의 방식으로 조용하지만 즐거운 식사를 즐기고 있었다. 이곳의 모든 직원은 내 테이블을 지날 때마다 나에게 인사를 해주었다. 유럽에서는 좀처럼 느끼기 어려운 소박한 친절을 경험하며 이곳에 오길 잘했다고 몇 번이나 생각했다. 라자냐는 토마토의 싱그러움이 느껴질 정도로 신선한 맛이었다. 같이 나온 레드 와인도 묵직한 맛을 자랑하며 라자냐와 조화를 이뤘다. 천천히 맛을 음미하면서 음식을 먹었고, 한참 창밖을 바라보면서 느리게 시간을 보냈다. 관광객으로 가득한 런던에서 쉽게 얻을 수 없는 비밀스러운 여유가 꽤 만족스러웠다.

체력과 시간이 된다면 시빌이 사라에게 제안한 산책 코스도 꼭 한 번쯤 거닐어 보기를 추천한다. 런던 탑을 시작으로 테이트 모던까지 타워브리지, 런던브리지, 밀레니엄브리지를 건너 보자. 900년 역사를 간직한 런던 탑은 가까이에서 한번, 타워브리지를 건너며 멀리서 한번 보아야 한다. 그래야 런던 탑의 묵직하고 웅장한 모습을 온전하게 담을 수 있다. 100년이 넘은 타워브리지의 클래식한 분위기도 매력적이다. 커다란 두 탑과 이어진 다리는 영국스럽다는 표현이 어울리는 모습이다. 타워브리지에서 런던브리지를 향하는 길에서는 모던한 오늘날의 런던을 만날 수 있다. 런던브리지를 건너 런던 대화재 기념비에 올라 런던의 풍경을 조망해보는 것이 다음 순서이다. 모던한 런던과 클래식한 런던이 조화를 이루는 모습을 한눈에 담을 수 있다.

템즈 스트리트를 따라 밀레니엄브리지로 향하는 길에서는 현대적인 건물 안팎으로 바쁘게 걸어가는 런더너들과 옛 모습을 그대로 간직한 건물의 어우러짐을 통해 일상적인 런던을 느낄 수 있다. 세인트 폴 대성당에 다다르면 샌드위치를 한입 베어 물고 잠시 성당 앞 계단에 앉아 쉬어가도 좋다. 다음은 런던 산책의 하이라이트인 밀레니엄브리지를 만날 차례이다. 2000년에 지어진 모던한 런던의 상징 같은 다리로, 오직 사람만이 건널 수 있는 것도 특징이다. 다리 건너에는 발전소를 개조해 만든 테이트 모던 갤러리가 있다. 독특한 외관과 내관을 자랑하며, 20세기 이후 작품만 전시한다는 아이덴티티도 분명하다. 좋은 전시가 많으니 한 번쯤 둘러보는 것도 추억이 될 것이다. 그 후 미술관 앞쪽에 있는 뱅크 사이드 벤치에 앉아 템스강을 감상하며 길었던 산책을 마무리하면 된다. 그 순간, '비로소 내가 런던에 있구나, 참 행복하구나'라고 느낀다면 런던 산책을 완벽하게 마무리한 것이다.

STILL WALK

영국, 런던

아홉 번째 여행.

호주, 시드니

"일상과 여행의 경계"

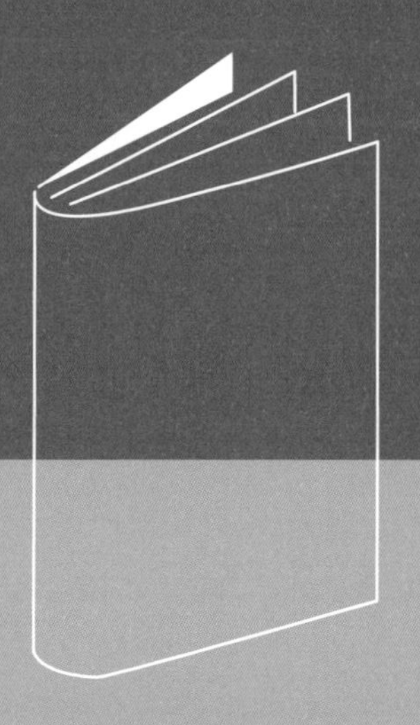

〈허즈번드 시크릿〉

리안 모리아티

-○-

여행지에서 느낄 수 있는 최고의 감정은 '이런 곳에서 살고 싶다'가 아닐까. 눈을 사로잡는 풍경을 간직한 곳에서 살고 싶다는 생각이 드는 것은 당연한 일이다. 그러나 여행자로 도시를 바라보는 것과 실제 그 공간에서 살아간다는 것에는 분명한 간극이 존재한다. 일상이 주는 무게는 무시할 수 없으니 말이다. 눈이 부실 정도로 파란 하늘을 자랑하는 도시 시드니 역시 일상의 무게를 벗어날 수 없는 곳이다. 〈허즈번드 시크릿〉 속 세 주인공의 삶을 통해 확인할 수 있다. 삶이, 인간에게 주어지는 것은 어디서나 같은 방식이구나 싶은 생각도 든다.

우연한 기회로 남편의 큰 비밀을 알게 된 세실리아, 남편의 또 다른 사랑이 자신의 사촌이라는 사실을 알게 된 테스, 30여 년 전 딸을 잃고 가슴이 부서진 레이첼의 이야기가 호주 시드니를 배경으로 펼쳐진다. 일주일 동안 그녀들은 각자의 이야기를 해나가는데, 삶이 주는 어두운 면들을 만날 때마다 주인공들이 느끼는 절망감을 함께 공감하게 된다.

너무 아름다워 슬픈 테스의 시드니

P 115

날씨도 테스를 도와주지 않았다. 너무 지나치게 사랑스러워서, 꼭 테스를 조롱하는 것 같았다. 시드니는 황금빛 연무로 덮여 있었다. 학교 앞 단풍나무는 화려한 노란색을, 우거진 동백꽃은 진한 붉은색을 자랑하고 있었다. 교실 밖에는 밝은 빨간색, 노란색, 살구색, 크림색 베고니아 화분이 놓여 있었고, 사암으로 만든 길쭉한 세인트 안젤라 성당은 코발트블루 빛 하늘과 선명하게 대조를 이루고 있었다. 이 세상은 정말 아름다워. 너는 뭐가 문제니? 시드니가 테스에게 말했다.

테스는 가장 가깝던 사촌과 영원한 내 편이라고 믿었던 남편이 사랑하는 사이임을 알게 된 후 남편과 함께하던 멜버른을 떠나 시드니로 돌아온다. 그런데 막상 돌아온 시드니의 날씨가 너무 좋았던 것. 코발트블루 빛의 하늘을 가진 시드니는 우울함이라고는 한 톨도 허락하지 않을 모양새였다. 주변이 환하고 사랑스러울 때 인간의 슬픔은 더 극대화되기도 하는 법이다. 이렇게 아름다운 세상에서 나만 불행하고 나만 끔찍한 현실을 인정하는 것이 더 어려울 때가 있다. 테스도 마찬가지였다. 시드니의 아름다운 날씨는 그녀를 더욱 비참하게 만들었다.

어디서 사느냐 보다 어떻게 사느냐가 중요해

레이첼과 그의 아들 롭, 며느리 로렌의 관계는 삶의 방식을 고민하게 한다. 인간의 관계와 삶의 방식은 장소 때문에 바뀌는 것이 아니라 그곳에서 사는 이들의 사고와 습관으로 변화를 맞이하는 것이다. 그렇기에 시드니가 배경이라고 고부 관계가 좋을 거라는 기대를 하는 것도 웃긴 일이다. 레이첼과 로렌의 관계는 그리 매끄럽지 않다. 아들보다 더 좋은 직장에서 일하는 며느리, 아이를 낳고 키우기보다 자신의 일을 우선하는 며느리가 뉴욕으로 발령을 받아 떠난다는 말에 레이첼은 경악한다. 자신의 아들이 그런 로렌을 응원하고 아이의 기저귀를 갈며 소소하게 사는 것에도 분노한다. 자신이 살았던 방식과 너무 다르기 때문에 레이첼에게는 이해할 수 없는 일이다. 한국의 고부 관계와 다르지 않은 모습에 피식 웃음이 나왔다. 결국 사람 사는 모양새는 거기서 거기인데, 호주라는 공간 때문에 내가 얼마나 큰 선입견을 품고 있었는지, 혹은 근거 없는 긍정적 관계를 기대했는지 알았다.

소소하지만 매력적인 시드니

책을 덮고 시드니에서 내가 보냈던 시간을 떠올려봤다. 어학연수로 1년간 살았던 시드니는 크고 작은 매력이 가득한 도시였다. 가장 처음 적응한 것은 호주의 국민 음식이라고 불리는 베지마이트였다. 테스의 슬픔을 위로하기 위해 그녀의 엄마가 선택한 음식이기도 하다. 매일 아침 토스트에 발라 먹는 된장 잼 정도의 음식인데, 야채 즙과 소금, 이스트로 만들어 짭짤하고 묘한 향이 난다. 처음 먹을 때는 '이게 뭐지' 싶었다. 그러나 호주 사람들의 주식에 익숙해지고 싶어 아주 소량씩이라도 매일 먹다 보니 어느새 베지마이트에 중독되고 말았다. 쉽고 빠르게 호주 스타일을 경험하기에 제격인 음식이다. 단 반드시 소량씩 먹을 것을 추천한다. 일반 잼을 생각하고 듬뿍 바르면 한입도 먹지 못하고 만다.

영국의 영향을 받아 그와 비슷한 문화를 가지고 있다고 생각하지만 시드니에는 호주만의 독특한 문화도 살아있다. 그중 하나는 자신들만의 억양과 발음, 줄임말로 단어를 만들어 사용한다는 점이다. 일반 영어와 조금 다른 표현들이 많다. 예를 들면 afternoon은 arvo, breakfast는 brekkie, 심지어 맥도날드는 Maccas라고 줄여 말한다. 이런 표현과 더불어 12월의 서큘러 키도 시드니만의 매력을 한껏 느낄 수 있는 곳이다. 여름의 크리스마스와 새해를 맞을 수 있는 곳, 시드니에서 가장 유명한 오페라하우스와 하버 브리지가 있는 서큘러 키.

서큘러 키의 보석은 더 록스(The Rocks)다. 영국계 호주 이주민이 처음 정착한 이곳은 그 시절의 건물들을 그대로 보존하고 있어 당시의 정취를 느낄 수 있다. 록스 마켓까지 줄지어 있는 골동품 가게, 오랜 전통의 꼭두각시 인형 가게, 서점 등 볼거리가 가득하다. 특히 꼭두각시 인형 가게는 인형 박물관이라고 할 정도로 많은 인형을 소장하고 있어 보는 재미가 뛰어나다. 록스에는 다양한 나라의 펍도 있어, 시드니 안에서 여러 문화를 경험하기에 좋다. 편안한 분위기를 원한다면 아이리시 펍, 시끌벅적한 분위기를 원한다면 뮌헨식 펍에 가면 된다.

CD $15
BOTH $20

오페라 하우스 뒤편에 펼쳐진 보타닉 가든에서 바다와 마주한 길을 산책하는 것도 필수 코스에 넣을 만하다. 나무 위에 가득 매달린 박쥐의 모습이 인상적이다.

일상과 여행의 경계

1년간 시드니에서 지내며 때론 여행자가 되었고, 때론 일상을 보내는 평범한 사람이 되었다. 여행자가 되었을 때는 신기한 것, 즐길 것이 많았지만 일상에서는 종종 낯설고 외롭기도 했다. 레이첼이 매년 가을을 소름 끼치게 두려워하듯, 세실리아가 남편인 폴을 미워하지만 그만큼 사랑하는 것처럼. 아마 레이첼은 사랑하는 손자를 보기 위해 뉴욕에 갈 것이다. 세실리아는 병원에 있는 폴을 보면서 이제 시작이라는 마음을 먹는다. 이렇게 일상은 괴로운 일 투성이지만 그렇다고 여행자처럼 훌쩍 다른 도시를 찾아 떠날 수 없다. 우리는 살아내야 한다. 그것이 일상과 여행의 다른 점이 아닐까. 여행자의 시드니도, 일상적인 시드니도 사랑스럽다는 것은 변하지 않겠지만, 그 사랑스러움이 삶에서 어떤 의미일지는 개인의 몫일 것이다.

열 번째 여행.

베트남, 하노이

"우리는 지금 어떻게 살고 있는가"

〈전쟁의 슬픔〉

바오 닌

- ○ -

외국인만 참여하는 DMZ 투어를 취재한 적이 있다. 있는지도 몰랐던 투어는 외국인 여행객 90% 이상이 꼭 참여할 정도로 한국 여행의 필수 코스로 여겨졌다. 투어에 참여한 다양한 나라에서 온 여행객들을 인터뷰하는 것이 내 업무의 주목적이었다. 그들과 이야기를 나누니 내가 밟고 서 있는 이 땅이 전쟁 중이라는 사실을 새삼스럽게 깨달았다. 무뎌질 만큼 무뎌져 우리나라가 분단국가인 것도, 종전이 아닌 휴전국이라는 것도 체감하지 못하는데, 그들은 세계 유일무이한 우리나라만의 특별한 체험을 위해 투어를 신청했다고 했다. 이 땅에 사는 나에게 전쟁은 TV나 교과서에만 있는 일이었는데, 이 땅 밖의 사람들에게는 전쟁이 현실이었던 셈이다.

우리와 비슷한 역사를 가진 나라가 베트남이다. 우리는 결국 나라가 반으로 나뉘어 아직까지 이런 모습을 하고 있지만, 베트남은 사회주의로 통일되었다. 그러나 전쟁에 대한 아픔을 가지고 있다는 점은 비슷할 것이다. 〈전쟁의 슬픔〉은 베트남 전쟁에 참전한 작가 바오 닌이 자신의 경험을 그대로 녹여 쓴 소설이다. 베트남 전쟁의 실상과 그 안에서 살아가는 사람들의 모습이 고스란히 담겨있다. 처음 접해본 베트남 소설의 신선함을 느끼려던 내게, 이 소설은 묵직한 돌덩이를 던져주었다. 1993년 세상에 나왔지만, 2012년이 되어서야 우리 언어로 읽게 된 소설. 우리 입장의 베트남 전쟁 이야기가 아닌, 그들 입장에서의 진짜 이야기는 지금까지 내가 알던 것들과는 많이 달랐다.

2000년 여름 한국을 찾은 작가 바오 닌은 한국인을 자신에게 총을 쏘던 사람이라고 기억했다. 김포공항에 내리는 순간에도 해병대를 떠올렸다고. 미군이나 베트남 군보다 더 두려운 적 한국. 한국을 방문해서야 그는 한국인이 베트남에 사는 자신의 가족, 친구들과 같은 평범한 사람임을 알게 됐다고 했다. 이 이야기는 전쟁 이야기만큼 충격적이었다. 나와 매일을 웃고 떠드는 이들이 죽을 수도 있는 게 전쟁이라지만, 내 친구가 누군가에게 총을 쏘아 대는 두렵고 무서운 괴물처럼 느껴지는 일은 생각해 본 적이 없었다.

사실 하노이를 찾았을 때는 소설에서 느꼈던 역사적 슬픔을 느끼지 못했다. 다만 주변국과는 다른 순수한 분위기가 진심으로 다가와 찡한 울림을 경험했다는 표현이 더 어울리는 도시였다. 호안끼엠 호수를 한 바퀴 돌고 잠시 쉬려 눈앞에 있는 카페에 멈췄다. 길거리에 옹기종기 조그만 의자와 테이블을 놓은 카페에 앉아 커피를 기다렸다. 국방색 컵 받침에 별까지 그려서 준 커피를 받아 들고 카페 안쪽을 살폈다. 옛날 하노이의 모습을 담은 사진들, 물자를 나르는 비행기 그림, 전투복 같은 옷을 입은 사람들의 사진이 어우러져 있는 벽에 정체 모를 군복이 걸려있었다. 그 모습에 문득 끼엔이 생각났다.

P 204

끼엔은 호안끼엠 호숫가 나루터의 어두운 구석에 다다라 발코니 카페에 들어갔다. 골목 입구에 눈에 잘 안 띄게 자리 잡은 신비로운 저녁 카페였다. 밤거리를 방황하고 나면 그는 언제나 이곳에 들렀다. 이곳에는 많은 추억이 있다. 원하기만 한다면 더 많은 추억도 금세 수집할 수 있다. 이곳엔 시끄러운 음악도 없고, 남녀 시인들로 북적대는 투엔 꾸앙 호수 주변의 카페처럼 시구에 대한 이야기로 잘난 체하는 것도 없다. “헬로, 보병!” 토마토 모양 코의 뚱뚱한 주인이 이를 드러내고 웃으며 끼엔에게 인사했다. 그는 커피 한 잔과 중국산 해바라기 한 접시, 술 반병을 들고 끼엔의 탁자로 왔다.

“군인 아저씨, 합석할 친구가 필요하나?”

그가 정중하게 물었다.

“아니요. 그런데 요즘은 그런 주문도 받나요?”

“히히…… 새로운 발상이지.”

담배 연기에 찌든 습하고 갑갑한 공기 속에서 끼엔은 천천히 커피를 마시며 느긋하게 생각에 잠겼다. 다른 탁자의 손님들은 조용히 카드놀이를 하거나 가만가만 속삭이거나 마리화나 냄새가 나는 무언가를 피웠다. 멀리 호수 위로 파란 별이 신비롭게 떠올랐다. 아마도 테훅 다리의 가로등 불빛일 것이다.

예쁘다고 생각했던 빨간 테훅 다리의 가로등이 호수 위로 뜬 파란 별처럼 보이는 곳이라니. 그 풍경을 직접 보고 싶다는 생각이 들었다. 그래서 다른 곳으로 옮기지 않고 카페에 앉아 밤의 호안끼엠 호수를 기다렸다. 카페에서 거리에 지나다니는 사람을 구경하다 보니 내가 어느 시대에 있는지 헷갈렸다. 베트남 전통 모자 논을 쓰고 긴 장대에 바구니를 매달아

걸어가는 여인들의 발걸음은 총총총 가볍지만, 그녀들에게서 나오는 분위기는 경건함 마저 느껴졌다. 그들은 아직도 전통 안에서 살고 있었다. 전통이 곧 그들의 일상이었던 것. 끼엔이 사랑했던 프엉도 저런 여인들 중 한 명이었을 텐데 하는 아쉬운 마음이 들었다.

해가 지려는 모습에 다시 호안끼엠 호수 쪽으로 발길을 돌렸다. 호수 주변에 앉아 사랑을 속삭이는 젊은 커플들이 가슴에 콕 박혔다. 끼엔과 같은 사람들이 있었기에 지금 저들이 편안하게 앉아 영원한 사랑을 속삭일 수 있는 것이리라. 전쟁이 없었다면 저 모습이 끼엔과 프엉의 모습일지도 모른다. 하노이에 온 한국인이 즐거운 마음으로 쌀국수를 먹고 꽃 시장을 구경하고 커피를 한 잔 마시며 호안끼엠 호수에 앉아있을 수 있는 것도 그들 덕분이다. 그러자 울컥한 마음이 올라왔다.

호안끼엠 호수 주변의 아기자기한 옛 골목길을 조금만 벗어나면 또 다른 하노이가 기다린다. 세련된 고층 건물과 호텔, 명품 숍과 스타벅스가 자리한 새로운 세기의 하노이. 하노이는 또 다른 얼굴을 가지고 있었다. 전쟁 전과 후의 끼엔과 프엉처럼. 그리고 앞으로는 더 많이 변화할 것이다.

CONG

CONG

고층 건물과 글로벌 호텔들이 자리하고 세계 여러 브랜드도 이곳에 문을 열 것이다. 우리나라가 그랬고 그 주변의 빠른 성장을 하고 있는 다른 동남아시아 국가가 그렇듯. 소박하고 아기자기한 하노이의 얼굴은 조금씩 잊히고 사라질지 모른다. 그럼에도 하노이는 하노이이다. 전쟁이 나기 전의 운명과 전쟁 후의 운명이 달라졌다고 해서 끼엔과 프엉의 사랑이 순수하지 않던 순간은 단 한번도 없었던 것처럼.

베트남, 하노이

열한 번째 여행.

스위스, 융프라우요흐

"감각은 찾고, 근심을 버리는 곳"

〈죽은 왕녀를 위한 파반느〉

박민규

- ○ -

가끔씩 책 한 구절이 마음을 강렬하게 사로잡는 경우가 있다. 뉘앙스로는 알겠는데, 말로 표현할 수 없는 감정을 정확하게 표현해주는 문장을 만난 순간의 희열은 엄청나다. 풀지 못한 문제의 답을 구한 것처럼, 문장을 읽는 순간 마음이 편안해지면서 위안을 받기도 한다. '이 감정이 내가 이상해서, 나만 유별나서 생기는 것은 아니구나' 싶은 동질감도 얻는다.

P 296

사용할 일이 전혀 없는 지식을 왜 배우는 걸까.
이를테면 $f(x+y)=f(x)+f(y)$를 가르치면서도 왜, 정작 인간이 인간을 사랑하는 방법에 대해서는 가르치지 않는 것인가. 왕조의 쇠퇴와 몰락을 줄줄이 외게 하면서도 왜, 이별을 겪거나 극복한 개인에 대해선 언급을 하지 않는가. 지층의 구조를 놓고 수십 조항의 문제를 제출하면서도 왜,

인간의 내면을 바라보는 교육은 시키지 않는 것인가. 아메바와
플랑크톤의 세포 구조를 떠들면서도 왜, 고통의 구조에
대해서는 한 마디 언급이 없는가. 남을 이기라고 말하기 전에
왜, 자신을 이기라고 말하지 않는 것인가.
영어나 불어의 문법을 그토록 강조하면서 왜, 정작 모두가
듣고 살아야 할 말의 예절에는 소홀한 것인가. 왜 협력을
가르치지 않고 경쟁을 가르치는가. 말하자면 왜, 비교평가를
하는 것이며 너는 몇 점이냐 너는 몇 등이냐를 외치게 하는
것인가. 왜, 너는 무엇을 입었고 너는 어디를 나왔고 너는
어디를 다니고 있는가를 그토록 추궁하는가. 성공이 아니면
실패라고, 왜 그토록 못을 박는가. 그토록 많은 스펙을
요구하는 것은 왜이며, 그 조항들을 만드는 것은 누구인가.
그냥 모두를 내버려 두지 않는 이유는 무엇이며,
그냥 모두가 그 뒤를 좇는 이유는 무엇인가.
부러워할수록 부끄럽게 만드는 것은 누구이며,
보이지 않는 선두에서 하멜른의 피리를 부는 것은 도대체
누구인가.

이 구절을 박민규라는 작가가 누구인지도 모르고, 〈죽은
왕녀를 위한 파반느〉라는 책이 있는지도 모르는 상태로
트위터 피드를 통해 읽게 됐다. 습관처럼 접속해서 빠르게

휙휙 넘기는 피드들 사이에서 오랜만에 시간을 할애해 읽게 된 구절이었다. 그 길로 이 구절이 나오는 책을 사러 갔다.

박민규 작가는 디에고 벨라스케스의 '시녀들'이라는 작품을 보고 이 책을 쓰게 됐다고 한다. 제목인 〈죽은 왕녀를 위한 파반느〉는 디에고 벨라스케스가 그린 '왕녀 마르가리타'의 초상을 보고 영감을 받아쓴 피아노 연주곡의 이름이기도 하다. 소설 속 여자 주인공은 온몸이 얼어붙을 정도의 충격을 주는 추녀이다. 그런 그녀에게도 사랑을 주는 남자 주인공이 있다. 주요 줄거리는 그녀와 그, 그리고 요한이라는 인물이 자신들의 청춘, 그 시절들을 버티는 과정에 대한 내용이다. 여러 사연을 지나 결국 다시 만나게 된 그와 그녀가 영원한 행복을 약속하며 여름의 스위스 융프라우요흐에 오르는 마지막 장면을 끝으로 이야기는 해피엔딩을 맞는다.

P 385

우리는 잠깐 깊은 잠에 빠져들었다. 다 왔어요, 내려야 해요. 희미한 그녀의 목소리에 서둘러 잠을 깼고, 산악 열차의 종착역을 빠져나온 우리는 정말이지 융프라우요흐에 올라 있었다. 그 감정을… 말로 표현하기란 쉽지 않다. 그래서일까, 우리는 별말 없이 눈 위를 걸어 가파른 벼랑 끝의 전망대에 발을 디뎠다. 다만 서로의 손을 놓지 않은 채, 그리고 알레치 빙하가 한눈에 들어오는 어느 한 지점에서 우뚝 멈춰 섰다… 서야만 했다. 아름다워서요…라고 그녀가 속삭였다. 왜 그랬을까? 아름다워,라고 말하진 않았지만… 나는 그 순간보다 더 이 세계를 사랑할 수 있겠다는 생각이 들었다.

그와 그녀가 잠깐이지만 깊은 잠이 든 이유를 알 것만 같았다. 눈에 아직도 선하게 그려지는 그 풍광을 바라보고 있노라면 감동스러웠다가 벅차올랐다가 이내 평온이 마음속에 자리 잡기 때문이다. 라우터브루넨역에서 융프라우요흐로 향하는 열차를 타고 산을 오르는 동안 창밖 풍경은 평화라는 단어를 시각화해 놓았다는 설명 외에는 할 말이 없는 모습이었다. 싱그러운 초록의 잔디밭에 아기자기하게 놓인 스위스 전통 샬레(Châlet) 하우스와 그 위로 펼쳐진 설경. 눈이 부시도록 푸른 하늘 아래 펼쳐진 산세를 보면 그저 감동스러울 뿐이었다. 융프라우요흐에 다가가면 다가갈수록 푸른빛이 노란빛으로 물들고 설경이 손 닿을 듯 가까워지는 것도 장관이었다.

그러나 안타깝게도 내가 이곳에 오른 날에는 눈보라가 휘몰아쳐 한 치 앞도 보이지 않아 그와 그녀처럼 알레치 빙하를 보지 못했다. 변덕스러운 알프스의 날씨는 나에게 그 풍경을 허락하지 않겠다는 의사를 분명하게 전해왔다. 아름다운 것은 쉽게 가질 수 없다는 말은 진리이다. 그리고 어떤 풍경을 만나고, 어떤 날씨를 겪든 우리는 다시 산을 내려가 삶을 살아나갈 것이다. 그 사실은 그와 그녀, 나에게 동일하다.

정답은 하나가 아니니까!

융프라우요흐에 들르기 위해 스위스를 찾는 사람이 대부분이지만, 사실 스위스가 가지는 매력은 다양하다. 알프스에서 융프라우요흐만 고집하는 것이 얼마나 어리석은지 깨달을 것이다. 알프스는 모든 곳에서 각기 다른 풍경으로 감동을 전한다. 그렇기에 우리는 그날 최고의 날씨를 보여주는 곳으로 향하면 된다. 라우터브루넨에서 뮈렌을 거쳐 쉴트호른을 올라봐도 좋다. 사진 속에서만 보던 스위스 시골 마을 같은 분위기가 펼쳐진다. 오후 4~5시만 되도 어스름한 저녁이 찾아오고, 자신의 발소리 말고는 아무 소리도 들리지 않는 곳. 오직 자연의 소리 안에 오롯이 나만 담을 수 있는 뮈렌은 스위스의 진가를 알 수 있는 곳이다.

217
217

Trail
Northface-Trail
Mountain-View
Trail
Blumental-Panorama
Trail

뮈렌에서 쉴트호른에 오를 때 케이블카를 이용하니
여러 번 탔던 열차와는 또 다른 즐거움을 얻을 수 있었다.
융프라우요흐의 좁은 전망대보다 더 탁 트인 쉴트호른
전망대에서 실컷 파노라마 뷰를 감상한 후, 내려오는 길에
알멘드후벨에 들러보자. 자연 속에서 사는 것이 무엇인지
보여주는 놀이터와 크나이프 요법을 할 수 있는 냉수가 담긴
나무통, 그 주위를 둘러싼 그림 같은 풍경에 절로 명화 속으로
걸어 들어가는 기분을 만끽하게 될 것이다.

뮈렌까지는 하이킹을 추천한다. 스위스의 길은 잘 정비되어
있어 굳이 산악화가 아니어도 편한 운동화면 충분하다. 그
길을 따라 걸으면 여물 먹는 소의 목에서 들리는 방울 소리와
푸르고 푸른 자연의 모습, 나무와 시원한 바람의 냄새까지
오감을 자극하는 감각들을 경험하게 된다. 세상사 근심
따위 한 번에 날려 버릴 정도. 반드시 산 정상에 올라 아래를
내려다봐야만 의미가 있는 것은 아니다. 알프스 산맥을
타박타박 걸으면서 들었던 종소리를 여전히 잊지 못한다.
정상에 올라야만 그 산을 아는 것은 아니다. 아름답다고
말해야만 아름다운 것이 아니고, 사랑한다고 말해야만 사랑이
아닌 것처럼.

스위스, 융프라우요흐

열두 번째 여행.

캄보디아, 씨엠립

"사방이 미소로 가득한 곳에서 얻은
진정한 평온"

〈꾸뻬 씨의 사랑 여행〉
프랑수아 를로르

- ○ -

일도 몰릴 때면 정신을 차릴 수 없게 몰리고, 돈도 나갈 때면 정신없이 나간다. 나한테는 여행지도 같은 공식을 따른다. 이상하게 휴양지만 가게 되는 시기가 있다. 신혼여행으로 뉴칼레도니아를 다녀왔는데, 뒤이은 출장이 모두 휴양지였다. 코타키나발루, 괌, 사이판, 오키나와, 카오락, 몰디브까지. 여행은 휴식이고, 휴양지에서의 시간이 약이라고 생각하는 직장인이지만 쉬는 것도 적당히가 필요하다. 너무 쉬고 쉬고 또 쉬니 오히려 몸이 더 처지고 생각도 멍해지는 것 같았다. 이럴 때는 역사를 배우고, 삶을 생각하고, 작은 깨달음 한 조각이라도 들고 올 수 있는 여행이 간절해진다. 마침 그 간절함에 불을 지피듯 앙코르와트 입장료가 2배 이상 상승한다는 뉴스가 나왔다. 순간 '앙코르와트를 지금 가야 하는 이유가 충분하네' 싶었고, 정신을 차려보니 나는 씨엠립으로 향하는 비행기를 타고 있었다.

앙코르와트를 가기로 결심했다면 꼭 사전에 공부가 필요하다. 알면 알수록 더 많은 것을 보고 느낄 수 있는 대표적 여행지가 바로 앙코르와트이기 때문이다. 여행은 발길 닿는 대로 느끼는 것이라고 생각하는 사람이지만, 꼭 공부하고 가야 하는 여행지도 있는 법이다. 배경지식 없이는 이곳에 100번을 가도 마음에 담을 것이 없다. 그렇기에 공부를 강조하고 또 강조한다.

씨엠립은 2016년 기준 1인당 GDP가 1,222달러 수준으로 세계 154위 정도이다. 우리나라가 2만 8,739달러인 것과 비교하면 경제적인 규모가 가늠될 것이다. 하지만 앙코르와트 문화가 융성했던 1117년 즈음에는 앙코르톰의 인구가 무려 70만 명이었다. 고려의 개경 인구가 1232년에 10만 명, 1200년대 프랑스 파리가 10만 명, 1300년의 런던이 8만 명인 것에 비하면 어마어마한 규모의 왕국이었다는 것을 알 수 있다.

이렇게 숫자가 주룩 나열된 정보는 여기까지가 딱 좋다. 더 하면 아마 다들 안 가겠다고 할지 모를 일이다. 때문에 앙코르와트를 아는 방법 중 가장 추천하는 것은 2011년 EBS에서 제작된 다큐멘터리 '신들의 땅 앙코르'를 보는 것이다. 다큐멘터리는 앙코르와트를 세계 최초로 3D 입체영상으로 구현했다. 정보와 내용의 수준도 높은 편이고, 지루한 설명만 나열하지 않고 당시의 상황을 재현한 드라마 등이 삽입돼 흥미를 잃지 않고 끝까지 볼 수 있다. 이 다큐멘터리 한 편이면 앙코르와트는 물론, 앙코르톰과 앙코르와트에서 꼭 봐야 할 공연으로 손꼽히는 '자야바르만 7세 대제전'까지 한 번에 이해가 된다.

앙코르와트에 맛있는 양념 같은 책

앙코르와트와 관련된 배경지식을 채운 후에는 감칠맛을 살려줄 양념 같은 소설 한 권도 권하고 싶다. 전 세계적으로 큰 인기를 얻은 꾸뻬 씨의 치유 여행 시리즈 중 〈꾸뻬 씨의 사랑 여행〉이라는 책이다. 캄보디아 앙코르와트를 배경으로 꾸뻬 씨가 '사랑'에 대한 이야기를 펼쳐놓는다. 조금은 허무맹랑해 보일지도 모르는 스토리는 씨엠립행 비행기에 앉아 읽기에 적당한 무게다.

 캄보디아, 씨엠립

P 54

몇 세기 전, 프랑스에 대성당이 건설되었던 시대와 거의 비슷한 시기에 이 도시 주변의 숲에 넓은 석조 사원을 지을 생각을 했던 건축가들은 미치지 않았음에 분명하다. 지금은 그들이 지은 수십 개의 사원을 보기 위해 전 세계 사람들이 몰려들고 있고 그 사람들이 묵을 호텔을 후배 건축가들에게 짓게 함으로써 그들에게 일거리를 준 셈이기 때문이다.

건축가들이 호텔을 짓는 후배들에게만 일거리를 준 것이 아니다. 시내 펍 스트리트를 메우고 있는 툭툭이 기사들, 음식점은 물론 흥정할 때마다 가격이 달라지는 노점상 등의 삶도 책임지고 있는 모양새다. 그리고 이들은 우리의 여행 또한 책임지고 있다. 결국 건축가들은 오늘날 우리의 삶을 책임진 셈이다.

이런 인과관계는 앙코르와트 여행의 성공 포인트와 이어진다. 조금 과장을 더해 앙코르와트 여행은 공부의 양과 어떤 툭툭이 기사를 만나는지에 달려있다. 툭툭이는 보통 정해진 빅서클(대 순회)과 스몰 서클(소 순회) 두 코스를 기본으로 하루 이용 금액이 책정된다. 그렇게 금액을 정한 기사와 함께 앙코르와트로 향한다. 툭툭이 기사들은 원하는 곳에 오래 머물러도 상관하지 않고 관심이 없는 곳을 그냥 지나쳐도 뭐라 하지 않는다. 그들은 시간제한을 두거나 재촉하지 않고 원하는 유적에서 머무를 수 있도록 하염없이 기다려준다. 그렇기에 모든 것을 스스로 결정해야 하며, 결국 아는 만큼 보게 되고 느끼게 되는 것이다.

이런 이유로 나의 동남아 여행 지론이 또 하나 생겼다. 흥정하되 스스로 생각하기에 합리적인 가격이라고 생각되면 약간의 바가지는 기분 좋게 감수하는 것. 이곳의 툭툭이 비용은 천차만별이다. 주변 비용을 바탕으로 합리적인 금액을 찾는 것은 당연하다. 그러나 악착같이 깎아 서로의 기분을 상하게 하는 건 추천하지 않는다. 실제 그 악착같이 깎은 금액이 우리 나라 돈으로 2천 원 내외일 때가 대부분이다. 더 기분 좋게 보낼 수 있는 시간도 잃고, 툭툭이 기사와의 관계도 잃고, 기분 좋은 서비스도 잃어버린 대가라고 하기에는 너무 손해가 큰 느낌이다. 몇천 원의 작은 바가지가 완벽한 여행의 조건이 되기도 한다. 이 사실을 깨닫고 난 후 나만의 기준을 정하고 그 안에서는 되도록 기분 좋게 상황을 이끌어 가려고 노력한다. 흥정 과정이 싫다면 호텔에 툭툭이를 요청하는 것도 팁이다. 호텔에서 불러주는 툭툭이는 직접 돈을 줄 필요가 없어 안전하고 속 편한 방법이다.

캄보디아, 씨엠립

앙코르와트는 시간에 따라 다른 모습을 가진다. 일출 때는 붉은 해를 등지고 그 실루엣을 여실히 드러낸다. 해가 중천에 떠 있을 때는 푸른 하늘과 대비되는 자태를 물 위에 그대로 드러낸다. 일몰 때는 연분홍으로 물드는 하늘을 배경으로 지는 햇빛을 받아내며 반짝반짝 빛난다. 온전히 하루를 보내야 앙코르와트가 가지는 세 가지 모습을 모두 볼 수 있다. 가파른 중앙 성소에 올라 앙코르와트를 한눈에 내려다보는 것도 놓치면 아쉽다.

씨엠립 여행의 하이라이트가 앙코르와트라고 생각하는 이들에게는 앙코르톰이 남았다고 꼭 알려주고 싶다. 축구장 20개 넓이인 앙코르와트는 앙코르톰에 비하면 아주 작은 사원이라 할 정도다. 앙코르톰은 둘레가 12km에 달하기 때문에 일단 규모 면에서 사람을 압도하는 힘이 있다. 입구부터 줄지어 서 있는 선신 네바와 악신 아수라가 자리한 곳이 해자를 건너는 다리라는 것에 또 한 번 놀라게 된다. 앙코르와트와 앙코르톰의 해자는 늪지인 지반을 안정화하려고 인공적으로 만든 호수라고 보면 된다. 12세기에 만들어진 건축물에 지금도 신비로울 정도의 과학 기술이 반영된 것, 도저히 가늠할 수 없는 규모의 인공 호수를 만들어냈다는 사실 등에 절로 감탄이 나온다. '여기에 다리가 있네. 돌로 이뤄진 사원이 참 신기하네.' 정도의 감상만으로 끝내기에 이곳은 마치 살아있는 생명체 같은 위대함을 숨기고 있다. 그러니 부디 그 위대함을 모두 확인할 수 있는 여행을 계획했으면 좋겠다.

앙코르와트와 앙코르톰 여행을 하며 마음을 쉬고 싶은 순간이 온다면 바이욘으로 향하는 것을 추천한다. 얼핏 보기에 겉모습은 앙코르와트와 크게 달라 보이지 않을 수 있다. 그러나 그 안을 채우는 자야바르만 7세의 온화한 미소와 대면하면 생각이 바뀔 것이다. 가만히 시간을 보내기만 해도 어느새 마음이 평안해지는 것을 느낄 수 있다. 살아가면서 나를 둘러싼 모든 이의 표정이 미소인 순간을 경험하기는 쉽지 않다. 아기 때는 그랬을지언정 성인이 된 우리의 기억에는 없다. 그래서 바이욘 안에서 사방이 미소로 가득한 순간을 보내는 것이 소중하게 느껴진다. 꾸뻬 씨는 앙코르와트에 와서 진정한 사랑을 얻었고, 나는 진정한 평안을 얻었다.

캄보디아, 씨엠립

열세 번째 여행.
일본 도쿄, 키치조지

"사랑은 소소한 순간들의
합으로 완성된다"

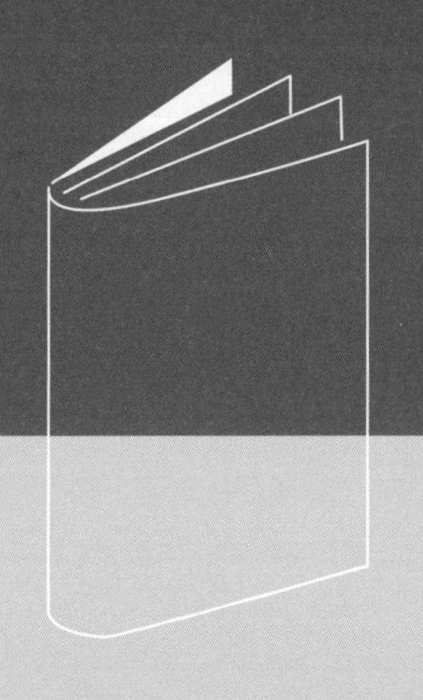

〈사랑 후에 오는 것들〉
공지영 & 츠지 히토나리

- ○ -

아무리 노력해도 상대를 절대 이해할 수 없는 경우가 있다. 세상 모든 수식어를 동원해 그 상황과 감정을 설명한다고 해도 타인은 나 자신이 아니기 때문에 절대로 알 수가 없다. 머리로 상황을 알아들을 뿐 이해할 수 없는 것이다. 사람은 누구나 자신이 경험한 범위 안에서 사건을 이해하고 받아들인다. 그렇기에 한 살씩 나이를 먹을수록 좀 더 깊이 있고 넓은 경험의 스펙트럼이 자신은 물론 타인을 이해하기 위해 간절하다는 것을 절감한다.

역지사지(易地思之), 생각만큼 쉽지 않다

서로 사랑하는 사이-부모나 자식, 연인, 부부, 형제-에서도 역지사지는 쉽지 않다. 사랑이 원래 이율배반적인 데다가 사람이 하는 행위 중 보상심리가 크게 작용하기 때문이다. 내가 얼마나 상대를 사랑하는지, 사랑하기에 어떤 노력과 행위를 하는지는 오로지 나 자신만 알고 있다. 한 뱃속에서 태어나, 함께 자란 형제를 이해하기도 가슴에 코 박기만큼 어려운데 연인은 생면부지 남으로 살다 사랑하는 사이랍시고 온종일 붙어있어야 하는데 오죽할까. 게다가 국적도 다르다면, 그것도 한국에서 온 여자가 일본에서 살면서 일본 남자를 사랑한다면 감정만으로 서로를 이해하고 보듬을 수 있을까. 우리가 진정한 사랑의 조건을 운운하는 것은 어쩌면 처음부터 진정한 사랑 따위는 유토피아적 환상이기 때문일지도 모른다.

〈냉정과 열정 사이〉와 닮은 꼴인 〈사랑 후에 오는 것들〉은 츠지 히토나리와 공지영이 남녀 주인공의 시점으로 한 권씩 나눠 집필한 책이다. 심지어 한일 우호의 해를 기념해서 기획된 소설이다. 일본 국적의 남자 작가와 한국 국적의 여자 작가가 그들과 마찬가지로 일본 국적인 남자와 한국 국적인 여자를 주인공으로 그렸다. 줄거리를 간략하게 정리하면 어학연수를 간 홍이는 도쿄에서 준고를 만나 사랑하게 되지만 그들 사이에는 한일 두 나라 사이만큼 미묘한 감정이 비집고 들어간다. 국가는 사랑의 방향을 조금 틀어 버리는 원인이 되기도 한다. 결국 이별을 겪은 둘은 시간이 흐르고 다시 서울에서 만나 서로를 조금이나마 이해하며 사랑을 찾게 된다.

일본과는 그토록 가까운 거리에 있으면서도 아픈 역사가 있어 감정적으로는 머나먼 미국, 혹은 아프리카의 이름 모를 나라보다 훨씬 더 먼 사이다. 가깝고도 먼 나라 일본. 누가 이렇게 정확한 표현을 만들었을까. 축구도 야구도 전 세계 어느 나라에 져도 괜찮지만 일본은 안 된다. 21세기까지 우리는 아직도 그들에게 받은 피해를 사죄받지 못하고 매일같이 말도 안 되는 소리에 분노해야 한다.
그런데 참 아이러니하게도 한국인이 가장 많이 찾는 여행지는 일본 오사카이며 일본에 지진이 나지 않는 한 매년 일본을 방문하는 한국인 여행객의 숫자는 최대치를 갱신한다.
2019년 악화된 한일 관계로 인해 노 재팬 운동이 일어나면서 주춤한 것은 사실이지만, 그동안 일본은 우리에게 가장 인기 높은 여행지였다. 이쯤 되면 생각해볼 만하다. 과연 우리가 일본에 가진 진짜 감정은 무엇일까.

홍과 준고는 서로의 이름을 각자 한국식과 일본식으로 부른다. 홍은 일본 이름인 베니로, 준고는 한국 이름인 윤오로.

홍이 베니가 되고 준고가 윤오가 되듯 우리는 같은 한자를 다르게 부르는 딱 그만큼 다른 사람들이다. 그러고 보면 사랑에 국경이 없다던 말은 의외로 쉽게 수긍하기 어려운 이야기일지 모르겠다.

P. 206 (공지영)

아니라고 해도, 무심하다고 해도, 나는 한국의 여자였다. 나를 점령해 버렸던 그 분노는 이제 와 생각하면 결국 나 자신을 향한 것이었지만 나 자신이 나 하나만은 아니었다. 그와 나 자신 속에 우리가, 그의 조국 일본과 내 조국 한국의 긴 시간들이 지나가고 있었다. 미국인이나 중국인이나 영국인 애인과 헤어질 때는 결코 사용하지 않았을 그 말, 너희 일본 사람들……. 그건 종결되지도 못하고 용서하지도 못하고 마침내 화해하지도 못한 긴긴 역사의 그늘이었다. 그 그늘이 새처럼 커다란 날개를 펴고 결국 그와 나 사이에 둥지를 틀어버린 것이다.

일 때문이라는 작은 핑계를 더하더라도 일 년에 몇 번씩 일본을 찾던 내게도 가슴 한쪽에는 죄의식 같은 것이 있었다. 일본을 좋아하고 일본을 자주 찾는 것에 대한 알 수 없는 부끄러움과 민망함. 일본 소설과 일본 여행을 좋아했고,

일본만이 가진 특유의 분위기에 매혹됐다. 혹 그것이 가식이라고 해도 친절하고 예의 바른 사람들이 좋았다. 아무리 특이한 사람이 옆에 와도 힐끗거리거나 한심하게 생각하지 않는 분위기에도 끌렸다. 내게 일본은 교보문고에 줄을 세우는 작가를 가진 나라, 택시를 타도 기분이 좋은 나라, 애니메이션 하나로 박물관을 만들 수 있는 나라, 8살짜리도 남들에게 피해를 주지 않아야 한다고 생각하는 나라였다. 그럼에도 불구하고 2018년 8월에 찾은 도쿄에서 패전을 기념하고 반성하지 않는 문구들을 보면서 화가 났다. 대놓고 일본이 좋다고 말할 수 없는 내 마음 밑바탕에는 홍과 같은 마음이 자리하고 있었던 것이다. 홍은 그래서 이노카시라 공원을 쉴 새 없이 달렸다. 아무리 준고가 왜 달리냐고 물어도 단 한마디로 정의할 수 없는 감정을 표출하는 방법은 그저 달리는 것뿐이었다. 홍은 한국에 와서도 율동 공원을 달린다. 천천히 걸어서도 한 바퀴 돌기가 망설여지는 그 공원을.

달리기로 외로움을 떨치던 홍의 마음

이노카시라 공원에 가자 그곳을 몇 바퀴나 달리던 홍의 외로움의 크기가 훅 느껴져 가슴 한쪽이 욱신거렸다.

알록달록한 오리 배가 떠 있는 호숫가를 지나쳐 우거진 숲속 길을 지나도 한 바퀴 채우기 힘든 그 공원을 뛰면서 홍은 울고 있지 않았을까. 땀은 홍의 눈물이었을 것이다. 슬픔의 깊이가 깊을수록 눈물을 흘리기가 더 어렵다. 하지만 사람이 가진 슬픔은 반드시 몸 밖으로 배출되어야만 한다. 그렇게 하지 않으면 끝을 알 수 없는 깊이의 슬픔 속으로 끌려가 버리기 마련이다. 달리기는 홍의 발버둥이었다. 슬픔에 잠식당하지 않기 위한 발버둥. 헉헉 올라오는 숨 소리를 들으며, 눈물로 뱉어내지 못하는 온몸 가득한 슬픔을 땀으로 표출하며 홍은 달렸다. 자신을 지키기 위해서. 준고를 지키기 위해서.

P 239 (츠지 히토나리)

이노카시라 공원의 흙을 힘차게 밟는 내 발을 보며 나는 마음이 점차 가벼워지는 것을 깨달았다. 육체가 괴로울수록 그것을 극복하려는 정신이 기지개를 켜는 것이다.
지지 않겠다고 나는 다짐했다. 그리고 네 바퀴째. 나는 어렴풋이 나와 함께 달리는 홍이의 모습을 보게 되었다.
홍이는 땀을 닦으며 내게 바싹 붙어서 달렸다. 홍이의 옆얼굴은 똑바로 앞만 바라보고 있었다. 그 늠름한 눈매, 곧게 뻗은 코, 힘찬 턱이 나를 끌어주었다.
홍이는 한국인으로서 일본에서 사는 고독과 싸우며 매일

이렇게 달렸을 것이다. 그런데 나는 달리는 그녀의 마음을 멈추게 할 수가 없었다. 그래서 나는 부끄러웠다.
그녀는 타국에서 생활하는 외로움을 달리기로 달래며 다시 기운을 차리려 했음에 틀림없다.

준고 역시 이노카시라 공원을 달리며 홍을 이해한다. 사실 달리는 이유를 듣는다고 온전히 이해가 되는 것은 아닐지도 모른다. 그럼에도 준고는 홍과 같이 달렸어야 했다. 뒤늦은 후회가 아닌 그 공원을 달리던 그 시간, 홍의 마음을 이해하기 위한 노력을 했어야 한다. 하지만 깨달음은 언제나 늦고 후회는 소용이 없다.

4월의 아름다움이 이노카시라에 있었다

사실 이노카시라 공원은 흐드러지게 핀 벚꽃의 아름다움이 가득한 곳이다. 그렇기에 특히 4월의 이노카시라를 보아야 한다. 만개한 벚꽃이 호숫가와 공원을 감싸며 도쿄의 연인들을 불러 모은다. 홍과 준고, 베니와 윤오도 한때 모든 것을 잊고 그 아름다움 안에서 오직 사랑을 나눴다.

그런 분위기에 취해서였을까. 평소 달리기와는 거리가 먼 저질 체력의 나조차 이노카시라 공원을 한 바퀴 돌았다. 가볍게 산책하는 것으로도 벅찼지만. 이곳은 웅장한 규모를 자랑하는 신주쿠 공원과는 다른 아기자기함이 있다. 신주쿠 공원이 싱그러움 가득한 소년을 떠올리게 하는 곳이라면 이노카시라 공원은 수줍게 고개를 떨구고 있는 소녀 같은 모습이다.

이노카시라 공원의 가장 큰 매력을 꼽으라면 키치조지에 위치하고 있다는 점일지도 모른다. 이노카시라 공원 옆에 있는 지브리 박물관은 입성하는 것이 어렵고 까다로운 만큼 그곳에서만 느낄 수 있는 감동도 엄청나다. 사진도 찍을 수 없고, 미리 예약하지 않으면 갈 수도 없고, 예약한 표를 가지고 있어도 긴 줄을 서야 하지만 지브리 박물관은 그렇게 해서라도 봐야만 하는 가치가 충분하다. 자연스럽게 보이는 장면들을 만들어내기 위해서 얼마나 많은 사람이 견고한 노력을 해왔는지 눈으로 직접 보게 되면 이해의 폭도 넓어진다.

여기까지 홍과 준고의 발걸음을 따라 키치조지를 산책했다면 마무리는 역시 안나 카페가 제격이다. 준고와 홍의 영원한 사랑을 기억하는 단 한 사람, 사이토가 운영하는 안나 카페의 달콤한 케이크 한입이 필요하기 때문이다. 어떤 불안도 날려줄 만큼 행복을 키울 수 있는 것은 어쩌면 이렇게 소소한 순간들의 합이 아닐까.

열네 번째 여행.
이탈리아, 피렌체

“그와 그녀의 선택과 약속”

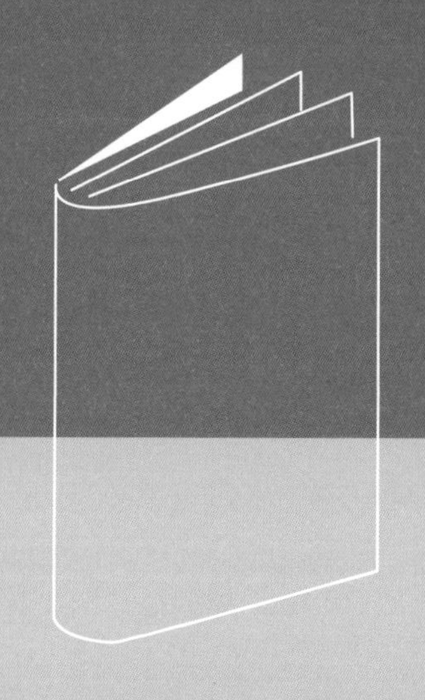

〈냉정과 열정 사이〉
에쿠니 가오리 & 츠지 히토나리

- ○ -

누구나 강력했던 처음의 기억은 쉽게 잊지 못한다. 많은 사람들이 처음이라는 것에 집착하는 이유다. 처음인 어떤 것들로 한 사람의 인생이 바뀌기도 하고, 삶의 방향을 새롭게 찾기도 한다. 소소하게는 확고한 취향이 생기기도 한다.

고등학교 때까지 한국 작가 소설이나 고전만 읽던 내가 일본 문학에 빠지게 된 처음이 〈냉정과 열정 사이〉였다. 이 책으로 거의 20년이 넘는 시간 동안 일본 소설과 작가를 애정하고, 그 소설 속 장소들을 여행하는 소소한 취향이 만들어졌다. 사실 처음 읽어본 일본 소설은 흥미로웠다. 하나의 이야기를 두 명의 작가가 각자의 시선으로 쓰는 방식도 신선했고 섬세한 감정 묘사, 공감되는 감성 등에 마음을 빼앗겼다. 이후 여러 일본 작가들의 작품을 읽었다. 읽는 작품이 많아지면서 좋아하는 작품도 늘었지만, 언제나 나의 '처음'은 〈냉정과 열정 사이〉의 자리였다. 그렇지만 당시에는 이 작품을 완전하게 이해하지 못했다. 해외여행도 가보지 못했고, 쥰세이와 아오이처럼 뜨거운 첫사랑도 해보지 못했기에 공감되지 않는 영역이 많았다. 홀로그램처럼 눈에 보이기는 하지만 만져지지 않는 허상의 감정. 그래서 더욱 이 소설 속 공간에 가고 싶었던 것인지 모르겠다.

"오고 말았어!"

〈냉정과 열정 사이〉의 주인공인 쥰세이와 아오이는 대학에서 처음 만나 강렬한 사랑을 하지만 오해로 헤어지게 된다. 그러나 둘은 서로를 잊지 못하고 그리워한다. 그리고 함께 할 때 했던 "10년 후 아오이의 생일에 피렌체 두오모에서 만나자"라는 약속을 기억하고 지킨다. 약속을 지켰기에 둘은 다시 만난다.

P 222-224 (에쿠니 가오리)

-오고 말았어.

가슴속으로, 쥰세이를 향해 중얼거렸다. 그 옛날 사랑했던 학생 신분의 쥰세이가 아니라, 도쿄에서-아마도 우메가오카에 있을. 도쿄는 지금 깊은 밤이다. 쥰세이는 자고 있을까-자고 있을 지금 이 순간의 쥰세이에게.

-오고 말았어.

어처구니가 없겠지,라고 덧붙이고는 씁쓸히 웃었다. 그래도 마음은 어쩐지 후련하고, 기분은 들떠 있다. 알게 모르게 각오하고 있었던 것이다. 그런 생각이 들었다. 오늘 여기에 올 것이라고, 언제 그렇게 마음먹었느냐고 묻는다면, 십 년 전이라고 대답하는 수밖에 없다.

두오모는 도시의 중심에 있었다. 도시의 비좁음에 비하면 너무도 큰, 그 압도적인 양감과 시간의 흐름이 알알이 새겨져 있는 대리석 벽, 빛바랜, 부드러운 핑크에 녹색이 섞인 색조인데도, 과묵하고 남성적으로 보인다.

-피렌체의 두오모는 서로 사랑하는 사람들의 두오모야.

그렇게 말한 페데리카에게, 사랑이란 이렇게 거대하고 고요하며, 흔들림 없는 것이었을까.

여기서 올려다보면 둥그런 지붕이 보이지 않는다. 광장 전체가 그늘에 싸여 있는데도 아이스크림을 먹으며 걷고 있는 관광객들을 힐끔거리며 비둘기가 퍼덕퍼덕 저녁 하늘 높이 날아간다.

정면 왼쪽에 있는 안내를 지나면, 어두컴컴하고 경사가 급한 계단이 시작된다. 공기가 싸늘하고 눅눅했다. 세월이 어린 장소에 서면, 늘 정겨운 냄새가 나는 것은 어째서일까. 내게 정겨운 장소인 것도 아닌데, 계단은 양쪽으로 벽이 있어 답답하지만 그런 만큼 군데군데 뚫려 있는 창문으로 날아드는 빛과 외기가 눈과 폐를 찌를 듯 강렬하다.

나선상의 계단을 열심히 오르는 사이, 숨이 가빠지고, 다리가 무거워졌다. 때로 내려오며 스치는 사람들이 미소를 보내기도 하고 어깨를 으쓱하기도 하며 지나간다.

-좋아. 십 년 후, 5월이란 말이지. 그때는 21세기네.

그렇게 말한 쥰세이의, 들판 같은 웃는 얼굴을 지금도 기억하고 있다.

도중에 몇 번인가 평평한 장소가 있었다. 미국인인 듯한 중년 커플과 스쳤다.

나는 땀에 흠뻑 젖어, 앞으로 앞으로 나아갈 수밖에 없는 그 돌계단을, 나 자신이 통과해온 시간처럼 느끼고 있었다.

눈앞에, 아치형 직선 계단이 나타났다. 정상, 이라는 것을 알게 된 순간, 걸음이 주춤했다.

-정말 오고 말았어.

계단 앞으로, 조그맣고 파란 하늘이 보인다.

눈 부신 햇살이 부서지는 어느 가을날 피렌체역에서 내린 나도 아오이처럼 속으로 말했다. '오고 말았어.'

〈냉정과 열정 사이〉를 읽으며 나 역시 스스로와 약속했다. 10년 후엔 쥰세이와 아오이가 만난 그 두오모에 꼭 오르겠다고. 그리고 정말 꼭 10년이 되는 해 이탈리아 피렌체에 갔다. 숙소에 짐을 아무렇게나 던져 놓고 바로 두오모로 향했다. 그들이 두오모라고 부르는 곳은 사실 산타마리아 델 피오레 대성당의 한 부분이다. 브루넬레스키의 돔, 즉 사랑의 두오모다.

실제 두오모는 상상 속에서의 모습과 달랐다. 두오모가 혼자 서 있을 것이라고 머릿속으로 그려왔는데 사실은 성당의 일부분이나 다름없고 그 성당과 함께 조화롭게 있는 모습이 웅장했다. 반질반질한 대리석 바닥, 높은 천장을 받치고 있는 정교한 아치형 기둥, 돔 안에 그려진 엄청난 그림과 원형 창을 가득 채운 스테인드글라스까지. 성당 안에 들어선 순간 '이렇게 아름다운 공간을 그저 지나쳐 단숨에 두오모에 올라갈 만큼 쥰세이와 아오이는 서로에게 다급했구나'라는 생각이 들었다. 나는 눈을 사로잡는 성당 곳곳을 다 보고 나서야 원래 목적이었던 두오모를 떠올렸으니 말이다.

돔으로 올라가는 입구에는 이미 긴 줄이 있었다. 꽤 오랜 시간 그 줄에 서 있는데 어쩐지 초조한 마음이 들었다. 누군가 꼭 만나야 할 사람과 엇갈릴 것 같은 초조함. 주인공들도 이런 생각을 하며 여기에 서 있었겠지 싶었다. 그렇게 또 한참이 지나고 나서야 내 차례가 되었다. 차근차근 돌계단을 오르니 돔의 안쪽을 둥글게 한 바퀴 돌아가는 길이 나왔다. 그 끝에서부터 아오이가 말했던 끊임없이 이어진 나선형 계단이 시작됐다.

결코 끝나지 않을 것처럼 느껴지는 계단을 오르니 숨이 차올랐다. 씩씩하던 첫걸음은 어디 가고 느릿느릿 겨우 발을 올려놓으며 계단을 올랐다. 다른 생각은 사라지고 오로지 계단을 오르는 것에만 집중하게 되면서, 그제야 이곳에 올랐을 주인공들의 마음이 조금씩 형체를 갖췄다. 내 손에 직접 닿는 두오모 벽의 촉감, 창문으로 들어오는 미세한 빛 등이 다가왔다. 어두운 계단을 오르며 만난 창밖 세상은 현실이 아닌 것처럼 느껴질 정도였다.

'아, 그래서 아오이가 그렇게 강렬한 느낌을 받았구나.'

P 194 (츠지 히토나리)

과거밖에 없는 인생도 있다. 잊을 수 없는 시간만을 소중히 간직한 채 살아가는 것이 서글픈 일이라고만은 생각지 않는다. 다시는 돌아갈 수 없는 과거를 뒤쫓는 인생이라고 쓸데없는 인생은 아니다. 다들 미래만을 소리 높여 외치지만, 나는 과거를 그냥 물처럼 흘려보낼 수 없다. 그래서, 그날이 그리워, 라는 애절한 멜로디의 일본 팝송을 나도 모르게 흥얼거리는 것이다.

오르다 보면 여기에 왜 왔을까 하는 자책, 그가 왔을까 하는 궁금증, 당시 우리의 사랑과 오해, 나의 잘못과 그의 잘못, 조급한 마음, 잊지 못했던 순간은 아무것도 머리에 남지 않는다. 오르는 그 순간 다른 것은 다 제쳐두고 오직 사랑만 남게 된다. 수많은 잡념은 사라지고 사랑했던 그 마음만 남는다. 그렇게 남은 마음을 안고 정상에 오르면 헐떡이는 숨을 돌릴 틈도 없이 주황빛 물결이 눈앞에 펼쳐진다. 아름다운 풍경을 함께 마주하고 싶은 마음, 그것이 사랑이다. 그래서 이곳이 사랑의 두오모가 된 것이리라.

두오모 풍광이 펼쳐지는 난간 앞에 털썩 앉아 하염없이 풍경을 바라보니 이 배경 속에서 그토록 그리워하던 사람을 만난다면 그동안의 어떤 오해도 스르륵 풀려버릴 것만 같다는 생각이 들었다.

이탈리아, 피렌체

에쿠니 가오리는 〈냉정과 열정 사이〉에 대해 '시간이 지나면 새로운 만남이 있겠지만 잊을 수 없는 것은 잊을 수 없다'고 했다. 피렌체를 실제로 가볼 때까지 〈냉정과 열정 사이〉가 내 안에서 잊히지 않았듯이 잊을 수 없는 것은 잊히지 못한 채로 여전히 남아있다.

> P 239 (츠지 히토나리)
>
> 나는 가슴속으로 작은 열정 하나가 반격에 나서는 것을 느낄 수 있었다. 이 순간, 과거도 미래도 퇴색하고, 현재만이 빛을 발한다. 시원스러운 바람이 광장을 불어가고, 나는 바람의 흐름에 눈길을 고정시킨다. 사방팔방에서 두오모로 몰려드는 사람들의 긴 그림자가 돌길 위에서 흔들리고 있다. 과거도 미래도 현재를 이길 수 없다. 세계를 움직이는 것은 바로 지금이라는 일순간이며, 그것은 열정이 부딪혀 일으키는 스파크 그 자체다.
>
> 과거에 사로잡히지 않고, 미래를 꿈꾸지 않는다. 현재는 점이 아니라, 영원히 계속되어가는 것이라는 깨달음이 내 가슴을 때렸다. 나는 과거를 되살리지 않고, 미래를 기대하지 않고, 현재를 울려 퍼지게 해야 한다.

나는 끊임없이 소설 속 주인공들을 이해하고 있었고, 자신도 모르게 주인공이 되었다. 더불어 그곳에 서서 현재의 감정이 내 안을 가득 채우고 밖을 향해 울려 퍼질 준비를 마쳤다.
새로운 시작이었다.

열다섯 번째 여행.

태국, 방콕

"소름 돋게 싫지만, 삶은 그런 거니까"

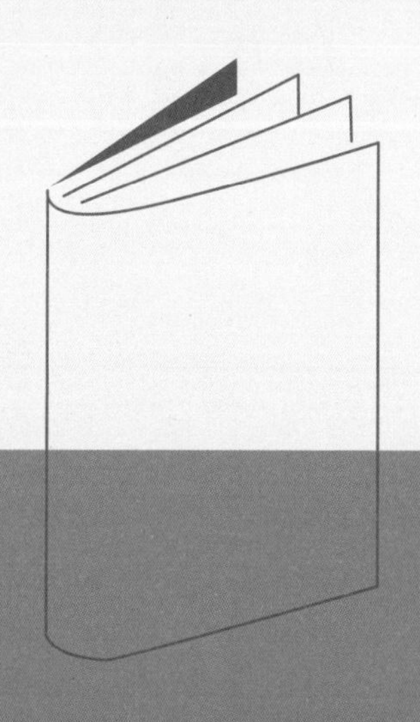

〈바퀴벌레〉

요 네스뵈

1837
TWG
TEA

-○-

천사의 도시로 불리는 동시에 어떤 도시보다 밤이 화려한 유혹의 도시, 방콕. 태국의 수도인 방콕은 24시간이 모자랄 정도로 즐길 거리가 다양한 곳이다. 합법적이든, 불법적이든. 요 네스뵈의 소설 〈바퀴벌레〉는 이런 방콕의 모습을 적나라하게 드러내고 있다. 이 책은 이름을 듣는 순간 소름 돋는 제목 때문에 손에 잡기까지 시간이 걸리지만 첫 페이지를 펼치면 읽기를 멈출 수 없다. 살인사건이 발생하며 이야기가 시작되고, 형사 해리가 복잡하게 거미줄처럼 얽힌 등장인물 간의 관계를 헤쳐나가는 이야기는 끝까지 팽팽한 긴장감과 끈적한 감정선을 놓치지 않아 더 매력적이다. 그리고 그 안에 그려진 방콕은 더더욱 매력적인 모습으로 손짓한다.

P 56

대사관에서 마련해준 아파트(리버가든)는 샹그릴라 호텔 건너편 고급 복합 건물에 있었다. 작고 소박하지만 욕실이 딸려 있고 침대 옆에 선풍기도 있었다. 건물 옆으로 황토색 드넓은 차오프라야강이 흘렀다. 해리는 창문 옆에 섰다. 길고 좁은 나무배들이 서로 교차하면서 강을 건너고, 장대에 장착된 프로펠러가 더러운 물살을 일으켰다. 건너편 강기슭에는 새로 지은 호텔과 백화점들이 정체 모를 흰 벽돌집들 위로 우뚝 솟아 있었다. 크기를 가늠하기가 쉽지 않은 도시였다. 몇 블록 너머를 찾아보려 하면 황갈색 연무 속으로 사라져버리기 때문이었다. 그래도 큰 도시일 거라고 해리는 짐작했다. 아주 거대한 도시. 창문을 밀어 올리자 으르렁거리는 도시의 굉음이 올라왔다. 비행기에서 가져온 이어폰을 엘리베이터에서 잃어버려서 이제야 이 도시의 귀가 먹먹할 정도의 소음이 들렸다. 리즈의 경찰차가 조그만 성냥갑 장난감처럼 저 아래 도로변에 서 있었다. 해리는 비행기에서 가져온 뜨거운 맥주 캔을 따고 그나마 싱하가 노르웨이 맥주만큼 형편없지는 않음을 확인했다. 이제 남은 하루가 좀 더 견딜 만할 것 같았다.

차오프라야강 한가운데 놓인 아파트에서 바라본 방콕을 묘사하는 장면이 인상적이다. 방콕을 제대로 들여다본 듯 생생한 묘사 덕분에 책을 읽으며 주인공이 있는 자리에 나 역시 서 있는 기분이 들었다. 특히 방콕을 방문했을 때 샹그릴라 옆 오리엔탈 호텔에 머물렀기에 더욱 공감이 갔다.

한강의 도시 서울에 살지만, 차오프라야강 또한 한강 못지 않은 크기이다. 그렇기에 노르웨이에서 온 해리는 더 놀랐을 것이다. 강을 따라 줄지어 선 호텔과 쇼핑몰이 가득한 도시 방콕. 이만큼 화려함과 빈티지함을 동시에 가진 도시가 또 있을까 싶다. 여러 번 방콕을 찾았지만, 소설을 읽으면서 오히려 방콕의 곳곳을 새롭게 만나는 기분이 들었다.

지배가 아닌 문화의 공유를 선택한 도시

P 87

"'차 론'이라고 마셔봤어요?" 톤에 비그가 물었다.

"모르겠네요."

"아, 죄송해요." 톤에가 웃었다. "다른 분들에게는 여기가 낯설다는 걸 자꾸 깜빡합니다. 태국 홍차에요. 저도 여기서는 애프터눈 티를 마셔요. 엄밀히 따지자면 영국 전통에 따라서 2시 이후에 마셔야 하죠."

해리는 예, 하고 대꾸하고 누군가 그의 잔에 차를 채우는 것을 보았다.

"그런 전통은 식민주의자들과 함께 사라진 줄 알았습니다만."

"태국은 식민지였던 적이 없어요" 톤에가 미소를 지으며 말했다. "영국 식민지도 프랑스 식민지도 아니었어요. 다른 이웃나라들과는 다르죠. 태국 사람들은 그 점을 아주 자랑스럽게 여기죠. 제가 보기엔 조금 지나칠 정도로. 영국의 영향을 조금 받는다고 해서 나쁠 건 없잖아요."

당연히 태국도 식민지 지배를 받았을 것이라고 생각해 왔다. 태국 곳곳에서 다른 문화권의 특징이 가득 느껴졌기 때문에 잘 모른 채 당연하게 여겼던 것인지도 모른다. 그러다 책을 보며 사실 태국은 어떤 나라로부터 지배를 받았던 적이 없음을 알고 적잖이 놀랐다. 그들은 어쩔 수 없이 문화를 따른 것이 아니라, 자신들이 보기에 좋다고 느끼는 문화를 배우고 공유하고 발전시키고 있었던 셈이다. 왕족을 해외로 유학 보내 새로운 문물, 새로운 문화를 경험하게 하는 것도 이런 이유일 것이다. 자신들의 문화를 잃어버리거나 억지로 강요에 의해 타국의 문화를 습득한 것이 아니라 자발적 선택에 의한 문화의 공유. 태국 사람들은 이 부분에 특히 큰 자부심을 가진다. 태국 여행의 횟수가 늘어나면서 이런 부분을 하나씩 발견하게 될 때마다 내 마음에는 신기함이 커졌다. 특히 우리나라 역사를 돌아보면 더욱 느껴지는 부분이 많다. 자신들의 문화를 철저하게 지키면서 다른 나라의 문화를 받아들이는 것. 그 적당한 조화를 찾은 그들이 새삼 대단하다 싶었다.

방콕 여행을 가장 쉽게 떠나는 방법

P 269

해리가 전화해서 급히 만나자고 약속을 잡자 톤에 비그는 오리엔탈 호텔의 어서스 라운지에서 차를 마시자고 제안했다.
"누구나 그리로 가거든요." 톤에가 말했다.
해리는 그 '누구나'란 백인 부유층에 잘 차려입은 사람들이라는 걸 발견했다.
"세계 최고의 호텔에 오신 걸 환영해요, 해리." 톤에가 로비의 암체어 깊숙이 파묻혀서 종알거렸다.
톤에는 파란색 면 스커트를 입고 무릎 위에 밀짚모자를 잡고 있었다. 그 모습이 로비의 다른 사람과 어우러져서 오래전

태국, 방콕

태평하던 식민지 시대 분위기를 자아냈다.

그들은 어서스 라운지 안으로 들어가서 차를 받았고, 다른 백인들에게 정중히 목례했다. 다들 백인이라는 이유만으로 서로 인사를 나누어도 된다고 여기는 것 같았다. 해리는 쟁그랑 소리가 나도록 신경질적으로 찻잔을 내려놓았다.

그러나 문화와 문화를 즐기는 사람들의 모습은 한 가지 모양새만 가지기는 어려운 법이다. 이 소설의 작가인 요 네스뵈의 눈에는 영국식 애프터눈 티를 즐기는 사람들의 모습이 사대주의적으로 느껴진 듯하다. 식민 지배를 받지 않았으면서 식민 지배 분위기를 낸다니. 아이러니한 표현이 아닐 수 없다.

어서스 라운지는 유난히 5성급 호텔이나 글로벌 호텔이 많은 방콕에서도 가장 좋기로 소문난 오리엔탈 호텔 1층 로비에 있는 티하우스이니, 더 그런 모습으로 보였을 수도 있다. 그럼에도 어서스 라운지의 클래식한 분위기는 한 번쯤 우아한 티타임을 즐기고 싶은 욕망을 자극하기 충분하다. 덕분에 많은 관광객에게 사랑을 받는 장소이기도 하다.

물론 해리는 그 분위기가 마음에 들지 않았던 모양이다.

책을 읽을수록 알게 되는 것이지만, 지극히 해리다운 행동이 아니었을까 생각한다. '툴툴거리고 신경질적이지만 냉철하고 올바른 판단을 하는' 해리 형사는 어서스 라운지와 어울리는 사람이 아니다. 오히려 본인 스스로 그런 곳들에 거리를 두려는 사람이다. 그 모습이 해리라는 사람의 매력을 더욱 크게 만들어주긴 하지만 말이다.

대신 〈바퀴벌레〉 속 해리 형사를 따라가다 보면 미처 몰랐던 방콕의 골목골목을 여행하게 된다. 관광객의 눈으로는 볼 수 없었던 방콕의 장소들을 만나는 것 또한 이 소설이 주는 큰 재미이다. 앉은 자리에서 방콕 여행을 하고 싶은 날이 있다면, 〈바퀴벌레〉를 펼치는 것만으로 목적은 충분히 달성할 수 있을 것이다.

열여섯 번째 여행.

터키, 이스탄불

"우리만이 알고 있는
어떤 것들에 대해"

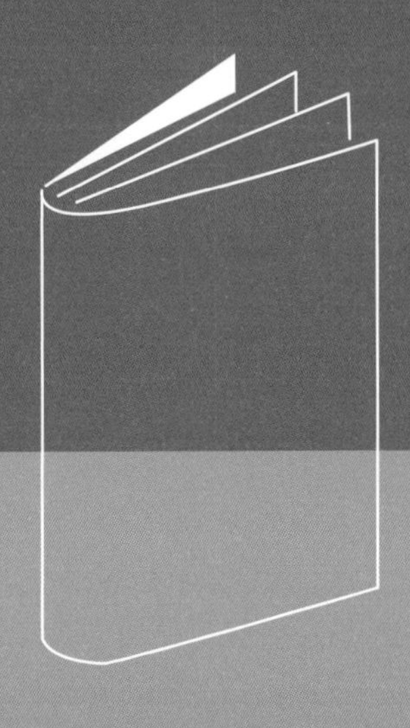

〈내 이름은 빨강〉
오르한 파묵

- ○ -

터키의 수도는 이스탄불이 아니라 앙카라라는 것을 어렵게 기억해내야 할 정도. 내가 터키에 대해 가지고 있는 관심의 범위는 딱 여기까지였다. 그러다 우연히 노벨문학상을 받은 터키 출신 작가 오르한 파묵을 알게 되었고, 그의 대표 작품인 〈내 이름은 빨강〉을 만나게 되었다. 이후로 터키는 나의 관심 지역이 되었다.

사실 〈내 이름은 빨강〉은 조금 독특한 소설이다. 첫 챕터를 읽고 다음 챕터로 넘어가면 다시 앞 챕터를 읽어야만 하는 책이랄까. 매번 챕터를 넘길 때마다 같은 행동을 반복하고 있는 자신을 만나게 된다. 이건 소설이 조금 독특한 방식으로 진행되기 때문인데, 챕터마다 화자가 달라지면서 이야기의 방향이 변화하기 때문이다. 영혼이 화자가 되기도 하고, 사물이 화자로 등장하기도 한다. 조금만 집중력이 떨어지면

무슨 이야기를 읽고 있는지, 읽었는지 헷갈린다. 내용이 뒤섞이고 이해되지 않아 다시 앞 페이지로 돌아가게 된다. 그러나 책 전체에 흐르는 큰 줄기를 이해하기 시작하면 이야기는 새롭게 꿰어진다.

이 책의 메인 이야기는 16세기 오스만 제국의 화가들이 술탄의 명령으로 세밀화를 그리는 도중 한 명씩 차례로 살해되는 내용이다. 중심인물인 카라는 살인자를 찾는 탐정이다. 이어 모든 남자들이 사랑하는 이스탄불 최고 미인 세큐레, 그녀의 아버지 에니시테, 세밀 화가 엘레강스, 나비, 황새 등 이상한 이름의 인물들이 각자의 방식으로 소설을 끌고 간다. 첫 장부터 꼼꼼하게 따라가다 보면 어느새 각 인물이 하는 이야기에 빠지게 되고, 그 모든 이야기가 하나의 마지막을 향해 간다는 것을 알 수 있다. 더불어 이 책은 16세기 당시 터키 지도를 보여준다. 책 속에 등장하는 지명 간의 거리를 가늠해볼 수도 있고, 낯선 지명이라도 위치를 한눈에 확인할 수 있게 했다. 덕분에 사건이 일어나는 곳들을 머릿속에 그릴 수 있고 내용을 이해하는 데 도움이 된다. 장소 다음으로 포인트라 할 수 있는 것은 코란 3구절이다. 책의 처음에 나오는 3구절을 소설 곳곳에서 발견하게 되는데, 이 또한 재미가 있다. 챕터의 소제목을 잘 읽는 것도 소설을 이해하는 하나의 방법이다. 다른 소설들과는 달리 챕터의 소제목들이 화자를 알려주는 내비게이션 역할을 하기 때문이다.

P 303

"어느 날엔가 다행히 저 책을 무사히 끝내면 우리 술탄께서 보시겠지. 물론 맨 먼저 금박이 제대로 잘 사용되었는지를 점검하실 테고, 인물 묘사를 보듯 자신의 모습을 보겠지. 그러고는 모든 술탄이 그렇듯 우리의 멋진 그림이 아니라, 그림에 묘사된 자신의 모습에 반할 테지. 혹시나 나중에라도 동양과 서양에서 각각 영감을 얻어 그려진 우리의 멋진 그림을 오랜 시간 유심히 들여다봐 준다면 얼마나 고마운 일이겠나! 하지만 자네도 알다시피 기적이 일어나지 않는 한 이 테두리를 누가 만졌나, 금박은 누가 입혔나, 이 남자를, 이 말을 누가 그렸는지 묻는 일은 결코 없을 테고, 국고에 책을 넣은 다음 문을 잠그겠지. 그렇지만 우리는 솜씨 있는 모든 화가들처럼, 그래도 어느 날엔가 기적이 일어날 거라 기대하며 그림을 그리는 걸세."

이스탄불이 동서양의 매력을 한 번에 느낄 수 있는 곳이라고 칭송받지만, 사실 그들에게는 칭찬이 아닐 수도 있다.

에니시테는 서양의 세밀화에 반해 이스탄불의 세밀 화가에게 그것을 전파하고 싶어 하지만 뜻대로 이뤄지지 않는다. 그것은 어찌 보면 있는 그대로의 터키, 이스탄불만의 전통을 지키고 싶은 마음을 담고 있는지 모른다. 오르한 파묵은 〈내 이름은 빨강〉 서두에 한국인 독자들을 위한 말을 남겼다. 동양, 특히 한국의 독자들이 이 소설의 슬픔을 더 공감할 것이라고. 서양 문화로 인해 우리 자신만의 시각 예술과 청각 예술을 비롯해 감성까지 잃어가고 있다는 슬픔 말이다. 그런 슬픔은 아마 터키인 마음속 깊은 곳에 본인도 알아차리지 못한 채로 간직되어 있는 것이 아닐까.

터키 여행을 계획 중이라면 이스탄불을 처음이 아닌 마지막 일정에 두기를 권한다. 이스탄불 공항에 내리자마자 국내선 비행기를 타고 카파도키아로 이동해 페티예, 파묵칼레 등을 둘러보고 이스탄불로 돌아오는 편이 낫다. 그래야 이스탄불에 온전히 집중할 수 있다. 이스탄불에서 동서양의 조화를 찾기보다 이 도시만의 매력을 찾는 것도 중요하다. 어쩌면 당연한 이야기일 것이다. 현지인들이 가장 이스탄불스러운 장소로 꼽는 곳은 블루모스크로 불리는 술탄 모스크였다. 무슬림을 믿는 친구들은 술탄 아흐메드 모스크야말로 이스탄불 여행의 시작이라고 설명했다. 터키에서 유일하게

6개의 미나렛을 자랑하는 술탄 아흐메드 모스크. 복잡한 도시 이스탄불에서 성스러운 고요함을 느낄 수 있는 곳이자 기도하고 있는 터키인들의 일상을 엿볼 수 있는 곳이다. 어쩐지 '가장 터키스러운 모습이 이거야'라는 말의 다른 표현 같았다.

P 348

페르시아에서 영감을 받아 육성되고 이스탄불에서 100년간 꽃을 피운, 이 그림 장식과 그림에 대한 열정의 빨간 장미는 이렇게 시들어 갔어요. 세밀 화가 사이의 다툼, 끝없는 물음의 계기가 됐던, 헤라트파의 옛 장인들과 유럽 장인들의 화풍 간의 대립도 어떤 결과에도 도달하지 못했죠. 왜냐하면 그림 자체가 버림받았기 때문이에요. 화가들은 동양인들처럼 그리지도, 서양인들처럼 그리지도 못했습니다. 세밀 화가들은 분노하여 반란을 일으키지도 않았습니다. 그들은 자신의 병을 조용히 받아들이는 노인처럼 서서히 겸허한 슬픔과 체념으로 상황을 받아들였습니다. 한때 경탄하면 추종했던 헤라트와 타브리즈 출신의 위대한 장인들, 그리고 질투와 증오 사이에서 주저하며 새로운 화풍을 부러워했던 유럽 장인들이 무엇을 하는지조차 궁금해하거나 상상하지 않았어요. 마치 밤에 집들의 문이 닫히고 도시가 어둠 속에 방치되는 것처럼.

그림도 고아로 버려졌습니다. 세상이 한때는 아주 다른 식으로 보였다는 사실이 무자비하게 잊히고 말았죠.

모스크에서 나온 후 여행 가이드를 자처한 터키 친구에게 가이드북에서 유명하다는 고등어 케밥을 어디서 맛볼 수 있냐고 물어보자 그런 게 있는지도 몰랐다며 고개를 갸웃거렸다. 한국인 여행객의 90% 이상이 한 번쯤 먹어보지만 그다지 평이 좋지 않은 그 고등어 케밥 말이다. 나중에 친구가 전해준 이야기인데 혹시 자신만 모르는 것이 아닐까 싶어 회사에 가서 동료들에게도 물어봤는데 금시초문이라는 반응이었다고. 이스탄불에서 터키 스타일의 진정한 맛집을 소개해주겠다며 데려간 곳은 터키 전통 음식인 쾨프테 식당이었다. 쾨프테는 미트볼 같은 것으로 함께 나오는 할라피뇨와 고추장 비슷한 소스와 함께 먹으면 한국인 입맛에도 완벽하다. 터키 친구들과 여행하다 보니 내가 혹은 우리가 아는 터키와 이곳에서 사는 이들이 보여주고 싶은 터키 사이에 큰 차이가 있다는 것을 새삼스럽게 깨달았다.

다음 일정도 비슷한 수순이었다. 이스탄불에서 한국인 여행객이 꼭 가는 뷰 포인트, 베벡의 스타벅스에 가고 싶다고 하니 그보다 더 멋진 풍광을 자랑하는 갈라타 타워에 가자고 했다. 어디서나 같은 커피 맛을 느낄 수 있어 좋은 스타벅스보다 갈라타 타워 앞 카페에서 마신 터키식 커피 한 잔이 터키의 풍광만큼이나 강렬했다. 알록달록하고 화려한 에스프레소 잔에 담겨 스테인리스 쟁반에 놓인 터키식 커피가 아직도 입안에 맴돌 듯 오래 기억에 남았다.

열일곱 번째 여행,

핀란드, 헤멘린나

"되돌릴 수는 없더라도
다시 시작하기 위해"

〈색채가 없는 다자키 쓰쿠루와
그가 순례를 떠난 해〉
무라카미 하루키

-○-

고등학교 때 만나 20대를 거쳐 평생을 함께할 것 같은 친구가 있었다. 투명하리만큼 있는 그대로의 나를 보여줬을 정도로 그와는 어떤 비밀도 없었다. 그러나 작은 오해가 켜켜이 쌓여 관계는 한순간에 깨지고 말았다. 한동안 힘든 순간이면 간절하게 그가 생각났다. 그리고 지금도 종종 생각이 난다. 그 이후로 '베스트 프렌드'라는 것은 없어지고 만 것이 아닌가 싶다.

〈색채가 없는 다자키 쓰쿠루와 그가 순례를 떠난 해〉의 주인공 다자키 쓰쿠루 역시 친하게 지냈던 친구들 아카, 아오, 시로, 구로에게서 한순간에 버림을 당하고 만다. 이유도 알지 못한 채. 15~16년 정도 지났지만 쓰쿠루는 그때의 상처에서 벗어나지 못한 채 사람들과의 관계에서 스스로 보잘것없는 인간이라고 생각한다.

그는 혼자 고향 나고야에서 도쿄로 대학을 와 하이다라는 친구와 사라라는 애인을 사귀며 조금씩 나고야 친구들을 잊어가려 애쓴다. 그러나 가슴 한쪽에 딱지가 앉힌 그대로 살아가는 쓰쿠루에게 사라가 그들에게 이유를 들어보라고 권유하고 그때부터 쓰쿠루의 순례가 시작된다.

P.85

"무슨 일이건 반드시 틀이란 게 있어요. 사고 역시 마찬가지죠. 틀이란 걸 일일이 두려워해서도 안 되지만, 틀을 깨부수는 것을 두려워해서도 안 돼요. 사람이 자유롭기 위해서는 그게 무엇보다 중요해요. 틀에 대한 경의와 증오. 인생에서 중요한 것은 늘 이중적이죠. 내가 할 수 있는 말은 이 정도예요."

절실한 쓰쿠루, 핀란드 헤멘린나까지 가다

나머지 친구들을 만나러 나고야에 간 쓰쿠루는 정확한 답을 얻지 못한다. 그러나 쓰쿠루는 멈출 수 없었다. 반드시 결론이 필요했다. 그렇기에 헬싱키로 이사한 구로를 만나러 해외에 나가보지 못한 쓰쿠루가 먼 핀란드로 향한다. 이 책을 읽었을 때는 나 역시 핀란드에 가보지 못한 상태였는데, 나도 모르게 핀란드 헬싱키로 향하는 비행기를 검색하고 있었다. 마치 그곳으로 가면 내 마음 한곳에 자리한 딱지가 아물 것 같은 기분이 들었다.

헬싱키에 사는 구로는 휴가로 헤멘린나 별장에 있었고 쓰쿠루는 약속도 하지 않은 채 무작정 헤멘린나로 향한다. 나 역시 어느새 헬싱키에 도착해 있었고, 헬싱키 중앙역에서 헤멘린나로 향하는 기차표를 끊고 있었다. 헬싱키와 헤멘린나 사이의 길은 핀란드에서 처음으로 놓인 기찻길이었다.

P.303

"여기가 헤멘린나입니다. 그분들 여름 별장의 정확한 위치는 구글로 조사해 보죠. 오늘은 사무실 문을 닫았으니까 내일 프린트해서 드릴게요."
"헤멘린나까지는 얼마나 걸릴까요?"
"거리로 보면 약 100킬로미터, 여기서 차를 타고 천천히 간다 해도 한 시간 반 정도일 거예요. 고속도로가 곧장 거기까지 뻗어 있거든요. 그 도시까지는 철도로 갈 수 있지만 거기서 여름 별장까지 가려면 차가 필요해요."
"렌터카를 빌려야겠습니다."
"헤멘린나에는 아름다운 호숫가 성과 시벨리우스의 생가가 있지만, 아마 다자키 씨한테는 그보다 더 중요한 볼일이 있을 테죠. 내일 편한 시간에 우리 사무실로 오실래요? 사무실은 9시에 문을 열어요. 사무실 가까이 렌터카 영업소가 있으니 금방 차를 빌릴 수 있도록 알아봐 둘게요."

"당신이 있어서 정말 큰 도움이 되었습니다." 쓰쿠루는 정중하게 인사를 했다.

"사라의 친구면 내 친구이기도 하거든요." 올가는 한쪽 눈을 찡긋하고 말을 이었다. "에리 씨를 만날 수 있으면 좋겠네요. 그녀가 깜짝 놀라면 더 좋고요."

헤멘린나는 시중에 판매되는 핀란드 가이드북에도 나오지 않는 작은 도시다. 기차로 한 시간 반 정도 걸리는 조용한 곳으로 핀란드를 대표하는 시벨리우스 생가와 아름다운 호숫가 성인 하멘 캐슬이 있다. 헤멘린나역에서 헤멘캐슬까지 걸어서 대략 20분 정도. 호숫가를 걷는 길은 정말로 눈부시게 아름답다. 상쾌한 바람과 싱그러운 녹음, 여기에 〈색채가 없는 다자키 쓰쿠루와 그가 순례를 떠난 해〉의 테마곡인 르말 뒤 페이(Le mal du pays)를 들으며 타박타박 걷는 길은 가슴속을 시원하게 만들어 준다.

여기까지 오길 잘했다는 생각이 절로 들었다. 헤멘

캐슬과 시벨리우스 생가는 쓰쿠루에게는 필요 없었지만 관광객에게는 필수코스다. 13세기에 지어진 헤멘 캐슬은 스웨덴 귀족을 위한 군사 요새로 사용되었고 지금은 박물관으로 활용되고 있다. 빨간 벽돌로 지어진 헤멘 캐슬 창문 밖으로 보이는 고요한 호수가 마치 액자에 담긴 그림처럼 아름다웠다. 쓰쿠루가 여길 와보지 못해 참 아쉽다는 생각이 들었다.

시벨리우스 생가는 헤멘린나 도심 한가운데 있는 노란색 집으로, 찾기 쉽다. 사실 헤멘린다에 큰 관광지라곤 이곳 밖에 없기 때문에 더 눈에 띈다. 어쩌면 당연하게도 당시 방문객은 나 하나였는데 그래서 더 좋았다. 시벨리우스의 음악을 나 혼자 독차지할 수 있었기 때문. 30분 이상 한가운데 그랜드 피아노가 놓인 방 의자에 가만히 앉아 그의 음악을 듣고 있었다. 헤멘린나 같이 아름다운 곳에서 나고 자란 그라면 당연히 이렇게 아름다운 음악이 나올 수밖에 없으리라 생각하면서.

P.314

도로 양쪽은 거의 숲이었다. 국토 전체가 싱싱하고 충성한 녹음으로 덮인 듯한 인상이었다. 대부분 자작나무고 소나무나

Ihan lähellä.
HÄMEENLINNA

Hämeenlinna

핀란드, 헤멘린나

가문비나무나 단풍나무가 섞였다. 소나무는 수직으로 뻗은 적송이고, 자작나무 가지들은 아래로 축 늘어졌다. 나무 모두가 일본에서 보는 것하고는 종류가 달랐다. 사이사이로 가끔 활엽수도 보였다. 넓게 날개를 펼친 새가 땅 위의 먹이를 찾아 바람을 타고 하늘을 떠다녔다. 여기저기 농가 지붕이 보였다. 농가 하나하나가 모두 규모가 컸으며 느슨한 구릉을 따라 목책이 주욱 이어지고 방목한 가축이 보였다. 베어낸 풀을 기계로 둘둘 만 둥글고 큰 다발이 군데군데 있었다.

헤멘린나에 도착한 것은 12시 전이었다. 쓰쿠루는 주차장에 차를 세우고 15분 정도 거리를 거닐었다. 중심지 광장에 면한 카페에 앉아 커피를 마시고 크루아상을 하나 먹었다. 크루아상은 너무 달았지만 커피는 진하고 맛있었다.

헤멘린나의 하늘도 헬싱키와 마찬가지로 옅은 구름으로 덮였다. 태양은 보이지 않았다. 하늘 한가운데쯤에 오렌지색이 스며든 그림자가 보일 따름이었다. 광장을 불어가는 바람이 냉기를 머금어 그는 폴로셔츠 위에 얇은 스웨터를 걸쳤다.

헤멘린나에서 관광객은 거의 눈에 띄지 않았다. 장을 봐가는 평상복 차림의 사람들이 오갈 따름이었다. 중심지 거리도 관광객보다는 지역 주민이나 별장에서 지내는 사람들이 필요로 하는 일용 식품이나 잡화를 취급하는 가게들이 주를 이루었다. 광장을 끼고 정면에 큰 교회가 있었다. 검은 새 떼가 바람에 날리는 모래 파도처럼 이 지붕에서 저 지붕으로 바쁘게 날아다녔다. 흰 갈매기들이 빈틈없는 눈길로 주변을 살피면서 광장 포석 위를 천천히 걸어갔다.

쓰쿠루가 들어갔던 중심지 광장에 면한 카페에 들어갔다. 크루아상과 커피를 주문했다. 그는 달다고 했던 크루아상은 내 입맛에는 진한 커피와 잘 어울렸다. 이날 하늘은 파랗고 드높았는데, 광장에서는 작은 벼룩시장이 열리고 있었다. 그가 방문했을 때처럼 사람이 많지 않았고 카페 안 사람들이 나를 힐끗거릴 정도로 관광객은 정말 없었다. 특히 동양인은 더욱.

커피를 다 마시고 일어나 구로의 별장이 있을 것 같은 곳을 찾아 나섰다. 사실 책에서는 나오지 않기 때문에 아우란코 타워에 다녀오자는 마음으로 시내를 벗어났다. 렌터카를 빌리지 못해 택시를 타고 아우란코 타워 근처에서 내렸다. 아우란코 타워는 숲속 안에 있었는데 구글 지도를 아무리 따라가도 결국 찾지 못했다.

하지만 구로 집으로 묘사되었던 호수 근처의 별장 같은 장소를 발견했다. 거기 놓인 의자에 앉아 잠시 생각을 했다. 쓰쿠루가 구로를 만났던 것처럼. 나도 그 친구를 만났으면.

'아, 무슨 이야기를 먼저 해야 할까. 내가 왜 여기 왔는지 얘기부터 해야겠지. 구로처럼 서로를 예전처럼 부르지 말라고 부탁부터 해야 할까. 그들처럼 상세하게 그때 우리가 왜 그럴 수밖에 없었는지 얘기해야겠지. 여유가 없었다고. 내 생각을 하기에도 바빠 네 생각을 할 수가 없었다고 말해야겠지. 하지만 우리는 다시 그때로 돌아갈 수 없다고 말해야겠지. 너는 나에게 언제나 큰 힘이었다고 고마웠다고 미안했다고 말하고 싶어 여기까지 왔다고 말해야겠지.'

그러고 나면 마음이 한결 가벼워질 것 같다. 매듭짓지 못하고 흩어져 버린 관계는 마음 속에 가라앉은 먼지처럼 남아있다. 아무리 닦아내려 해도 더 흔적만 남길 뿐 깨끗하게 닦이지 않는다. 그렇기에 모든 관계에도 마지막이 중요한 법이다. 쓰쿠루처럼 용기를 내 한 번쯤 찾아가 그 친구와 완전한 마침표를 찍고 싶다.

Thanks to

에필로그

땡쓰 투

소설을 읽으며 머리로만 생각하던 공간들을 실제로 여행하면서 소설에 담긴 내용이 텍스트가 아니라 살아 있는 삶임을, 더 깊게 이해할 수 있는 시간이었습니다. 당연하게 여행도 더 풍성해졌죠. 그 시간 덕분에 여행과 소설을 더욱 사랑하게 되었습니다. 주인공들의 감정을 온전히 느끼고, 모든 상황에서 그들이 했던 선택의 이유를 이해하게 되었죠. 이는 앞으로 나의 삶이 어떤 방향을 찾아 나아가야 하는지를 생각하는 과정이기도 했습니다. 이 책이 누군가에게 그런 시간과 경험을 만들 수 있는 계기가 되었으면 좋겠습니다.

이 책이 나올 수 있게 해준 출판사 대표님을 비롯해 모든 관계자분들께 감사드립니다. 기획부터 모든 과정을 함께 한 에이의취향에게도 많이 고맙습니다. 책을 쓰는 동안 자주 어디론가 떠나는 저를 위해 희생해준 남편과 사랑하는 가족들에게 깊은 애정을 전합니다. 감사합니다.

소설여행

초판 1쇄 인쇄일 2020년 8월 1일
초판 1쇄 발행일 2020년 8월 7일

지은이 김유정

펴낸이 배문성
기획편집 에이의 취향
디자인 형태와내용사이
마케팅 김영란

펴낸곳 나무나무출판사
출판등록 제2012-000158호
주소 경기도 고양시 일산서구 송포로 447번길 79-8(가좌동)
전화 031-922-5049
팩스 031-922-5047
전자우편 likeastone@hanmail.net

ISBN 978-89-98529-23-9 03810

* 나무나무출판사는 나무플러스나무의 출판 브랜드입니다.

* 책값은 뒤표지에 있습니다.